秋　池

　　本名刘晓晖，六十年代生人，崇尚自
由、敬畏文字，自由撰稿人、影评人。四川
省作家协会会员；四川省文艺评论家协会会
员。已出版《秋池实验性影视评论文集》、
长篇纪实叙事抒情散文集《老宅子》。

想要将最美好的年华留在世间

秋池 著

南方出版社

图书在版编目（CIP）数据

想要将最美好的年华留在世间 / 秋池著 . —— 海口：
南方出版社 , 2024. 9. —— ISBN 978-7-5501-9193-8

Ⅰ . I227

中国国家版本馆 CIP 数据核字第 2024HN2095 号

想要将最美好的年华留在世间

XIANGYAO JIANG ZUI MEIHAO DE NIANHUA LIU ZAI SHIJIAN

秋 池 著

责任编辑： 高　皓

出版发行： 南方出版社

邮　　编： 570208

社　　址： 海南省海口市和平大道 70 号

电　　话：（0898）66160822

传　　真：（0898）66160830

印　　刷： 成都市兴雅致印务有限责任公司

开　　本： 880mm×1230mm　1/32

印　　张： 8

字　　数： 179 千字

版　　次： 2025 年 1 月第 1 版

印　　次： 2025 年 1 月第 1 次印刷

书　　号： ISBN 978-7-5501-9193-8

定　　价： 69.00 元

序：在最美好的年华写最美的诗

——读秋池诗集《想要将最美好的年华留在世间》

文／晓音

　　和诗人秋池认识时间不长，在不多的几次聚会中，与他谈及诗歌写作，直觉上他是一位浪漫主义抒情诗人。

　　近来看到他微信发来他即将出版的诗集《想要将最美好的年华留在世间》电子版，他的文字证实了我对他的写作判断是对的。

　　如从他写的致戴望舒、余光中、卞之琳三位诗人的诗歌，可见他诗歌写作的艺术取向。从二十世纪的八十年代过来的人都知道，那是当代艺术思潮大量涌入中国大陆的年代，也是中国当代诗歌生机勃发的黄金时代。我还记得那个后来被我多次写作进文字中的属于四川西昌这个边陲小城的"白银时代"。

　　我说西昌的"白银时代"与月亮有关。因为西昌自古以来有月城之誉，那些年去过西昌的人对西昌的记忆一是月亮很大很亮，二是西昌出诗人。

　　月亮挂在天上，它的美好不用我说。西昌的确出了不少诗人，如周伦佑、吉狄马加、胥勋和、林珂、吉克·布、钟音、小也、发星、胡薇、海灵、文萃、华智、云子、南岸、马兴、晓玲、徐文龙、石草、洁莹等。诗人多就有了《非非》《女子诗报》《山海潮》《海灵诗报》《独立》《跋涉者》《牛日河》等集子。

　　随着一些诗人离开西昌到外地定居，总体感觉西昌这些年的诗歌气场弱了。在一些与诗歌相关的场合我经常也会说到西昌诗歌，但基本上是把时间界定在二十世纪的八九十年代。

但今年春去参加泸沽湖诗人采风活动后，顺路回到西昌与朋友们相聚后发现，西昌的诗歌气氛仍然还在。在人人喊"躺平"的大气候中，还有人会因为一句诗摔杯子或者与人争得面红耳赤，这当中就有秋池。

我原来以为秋池很年轻，但后来才知道他是二十世纪六十年代末出生的地地道道的西昌人。从诗歌文本看，他是二十世纪八十年代诗歌艺术创作流的有效延续。如他崇尚的诗人戴望舒、余光中、卞之琳都是浪漫主义抒情诗人。他们的诗歌表达方式和艺术导向也影响着秋池的写作。如："原先以为 / 在残阳断巷深处 / 还能捉上半片西风 / 轻轻地 / 夹在您乡愁那端"（《痛饮的乡愁——致敬余光中先生》），"我的手 / 终于风化在故乡浓浓的秋雨里 / 只有那位结着愁怨的姑娘 / 丁香一般 / 开放在巷口的老屋檐下 / 伴着撑起油纸伞的夜行人 / 缓缓地 / 化作雨巷里一盏幽幽隐隐的路灯"（《回首　雨巷——致敬戴望舒先生》），"此时 / 楼上看风景的小姑娘 / 正安静地看我 / 还有 / 那些些雨滴沥沥 / 打湿去片片青瓦 / 浸润我如此寂静的向往 / 而我 / 恰好装饰了 / 别人手里一点点微调的镜语"（《雨落　青瓦——致敬卞之琳先生》）。从这些有些婉约的诗句看，秋池的内心细腻而敏感。一缕清风，一滴小雨都可能洇润他的文字。读他的诗有一种很强的被带入感，他如一位擅长水墨的画家把心中的意象立体地呈现出来，从而让读者有身临其境之感。

作为一个诗人，秋池与其他写作者一样，文字承载着自己的人生理想。如在《灵感》一诗中，作者"把自己弯曲成一个符号 / 挂在床头 / 在每个夜的深处躺下 / 一个人安静地仰望"。可以理解为秋池诗中的"符号"是一种只能通过自我修炼才能达到的境界，"床"是一个供人歇息的港湾，在那里他可以远离人世喧嚣而静下来仰望星空。这种独自的仰望也是诗人对艺术、对人生、对爱情的一种期待。

这种期待同时也书写在他的《辉煌的等待》中，如："你/所有的忠诚/便从布满血丝的眼睛溢出/终于/汇聚成男人一次辉煌的等待"，写在《如果你不能柔情似水请不要靠近我》中："捡上几片淡淡的月色/在未曾望穿的夜里/做上一个风景/没有人的时候　再流泪无声/然后/固执地与苍凉拥抱着穿越孤独/所以/如果你不能柔情似水/请不要靠近我。"

另外，秋池的诗歌还运用了当下流行的口语写作形式："这个冬至与母亲有关/螺髻山的腌肉　大箐梁子的萝卜/农家腌菜胡豆瓣的汤/大红灯笼椒的回锅肉/母亲说今天得再多吃一碗饭。"（《这个冬至》）他从一个母亲的饭桌和菜谱入手，这种日常生活的叙事，看似平淡却总能入心。因为人的一生不管你是一介布衣还是一国之君，最终也还是衣食住行，柴米油盐而已，只不过是一个人和一国人的差别而已。

在谈及自己的写作时，他说："在写作上，历来都是有感而发，不刻意为之。诗歌是纯心灵的诉说，是文字简洁的意境塑造。"从整体上看，秋池的诗歌创作艺术倾向于古典和传统，这与他的个人审美情趣有很大的关系。其实，不管是古典诗歌还是现当代诗歌，在传统和当代诗歌美学思想体系中，写作客体永远是激发写作主体创作的动因，正如王国维所说的那样："以我观物，故物皆著我之色彩。"物是物，花非花。艺术的最终目的不是对客观事物的描述和空洞的赞美，而是物载我思，以获得种种主观意象和现实中的不可能……

秋池的诗歌中始终坚持着有"感"写作："这青石的阶梯/上上　下下/踏过了　好些年陈的过往。"（《独处挺好》）诗人目睹被漫长岁月洗礼的"青石阶梯"有感而发："这青石的阶梯/长长　短短/磨平了　好些年陈的回望/曾经年少　而今　华发。"

在诗歌中他将两个四字词语"上上下下""长长短短"中间加上空格，从形式上增强了青石阶梯的错落感。这种错落感给人一种非常强烈的"物是人非""欲罢还休"的伤感和惆怅！它让我想起德国诗人歌德七十岁那年，在一山顶木屋板壁上看到自己儿时用木炭写的文字（诗歌），顿时老泪纵横。秋池在一段伴随着自己成长的青石阶梯前抒情，歌德在自己几十年前写下的文字前动情，可见人类在情感上是相通的，这种情感的通连往往也是读者对一个诗人写作文本是否优秀的评判标准。

作为一个在西昌生活了多年的人，西昌几乎涵盖了我的整个青少年时代。在与西昌诗人的交往中，我更注重诗人对过去的记忆和书写。因为在这片土地上曾经发生的事情，与我们相关，也与一个族群有关。当然，这不是我在强调写作者一定要有家国情怀。但诗人必须是苦难的记忆体和记录者，否则我们经历过的苦难就会卷土重来！所以在阅读秋池的诗歌时，我总在他的文字中寻找和发现那个曾经诗意飞扬的西昌。

显然，秋池的写作没让我失望。

有人说诗人是人类的先知者，而这种走在潮流到来之前的人，他的写作即是连接过去与将来的桥梁。

显然，秋池收录入诗集《想要将最美好的年华留在世间》在思想维度和写作样式上都呈现出了一个诗人面对世间万物，他应有的敏感和独到的内心镜像。

2023 年 6 月 12 日写于光华北

晓音简介：四川西昌人，中国首家女性诗歌刊物《女子诗报》创办人（主编），大学中文教师。毕业于北京大学作家班，文学学士，二级作家。有作品入选香港中学生语文阅读教材。已出版诗集、长篇小说多部，另有诗歌、散文、诗论文章散见于海内外报刊及各种年度诗歌选本。现居广东。

目 录

C O N T E N T S

灵　感

心跟随这个冬季

也在默然地数着三九　四九

就因为下了一场夜雨

那些个往事潮湿得很

总是干不透

等待　还是无奈

你都只是轻轻地摇一摇头

慢慢地

把自己弯曲成一个符号

挂在床头

在每个夜的深处躺下

一个人安静地仰望

想要将最美好的年华留在世间

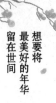

清街·小忆

清街有风
飘散你的长发我的歌　还有风么
清街有雨
湿透你的脸颊我的唇　还有雨么
清街有月
纯洁你的眸子我的诗　还有月么
清街是小城最诚实的孩子

清街没有无望的凝视
失落　你我的信言
清街没有醉人的风铃
悬挂　你我的塔檐
清街也没有匆匆的马蹄
踏醒　你我的竹桥
清街是小城最逍遥的过客

什么时候呵　什么时候
我们
才能并肩打清街那端夜归

此作品收录于《2021—2022 四川诗人双年诗选》

最后一枪

冰冷的流弹

纷纷极速南下

终于

一颗流弹击中小城最后一季

那胸怀温润的冬至

那瞬间不停涌出的寒意

溢满繁华深处

昼伏不出的时候

有些阳光从容淌过

却无法捂热

冬至早已洞穿的匆匆行程

那些长安旧街的市井吵闹

都轻若晨雾跋涉的日子

层层叠叠

不经意地开始填装你的背肩

早先

那些清澈的记忆

在蓝天白云间送还你歇息的宁静

想要将最美好的年华留在世间

也许得放下一段才能走过

所以你需要等候

怀揣的春暖花开

也需要等候

等候小城开春前

数九的最后一枪

情　殇

　　很久，很久以前，有一座山，山上有一座庙，庙里有个小和尚正听一个老和尚讲故事。讲的是：很久，很久以前，有一座山，山上有一座庙，庙里有一个小和尚正听一个老和尚讲故事。讲的是：很久，很久以前……

一

这是一段灿烂久远的讲述
故事生长在古老的风里
打马草原一样扬蹄反复
我知道
这是祖辈留下
一个永无终结的诱惑
独行
头顶飞速的天空
出门的时候不爱戴草帽
因为年轻

想要将最美好的年华留在世间

祖辈也曾年轻

为了这个充满诱惑的故事

举如炬之手与爱攀万丈云霄

不胜寒处

崩溃入谷

谷底消瘦的河水骨感而清冽

是童年的康巴雪域发源的爱

卵石与卵石间

总有残留梦中的吻痕

这洗不尽的吻啊

千万次

千万次是我冲不走的爱

倒映的太阳

憔悴而苍老

难道说这是河水清澈的悲哀

二

听故事的时候

一定会有一双无堤的眼睑

将每一节段落

细细地揉进同样稀碎的目光里

那份如同冷月孤寂的轻灵

散发着阵阵苦涩

深沉地近视我远在盆地里的遥望

随老家消融最后一场风雪

群山巨蟒的躯体

断却了我的视线

你的唇

因此只能在夜深里绽放

引领我走进世代相传的故事

当是精彩的章节

当是伴着瘦河怜惜情愫的时候

你的花却在金色的夜里凋零

而含苞于另一个清晨

哪怕将深情的凝望焚烧也无奈啊

我的爱

这心血的爱啊

只能化作一江春水飘零

待到一望无际

再回目聆听

渐行渐远的那一路风尘

三

深山　林间

有一座坟茔

埋葬着这个故事的某一章里

最感伤的一段

无言地呈现一个爱的沙场

玫瑰色的日子里

弥留下最后干涸的血渍

死者挣扎地向往

在晨间的天空闪闪烁烁

闪闪烁烁啊

是我的爱

来世是否依然去执着地完成重生

野风横扫没落去

每一个眼神中否定的回答

那就且让路先无尽地延伸

那就且让我的眼睛先在坟前长成一棵树

透明滚滚红尘的来与去

待到清明

遥望春晓的山

帆一样地飘扬

一定会有崩裂之声传来

震撼诞生出一曲千年悲歌

灰烟纷纷扬扬而去

一定会有两只蝴蝶

轻携余音翩翩高飞

静夜思

把你的小名儿
写进　今天的寂寞里
挂在黄昏的天边
让落日的悲戚
映红　那轻扬的眺望
悄然点亮山顶最亮的星
静候着青石的桥上
暮归的牛儿
拉过满载的念想

把你的小名儿
写在　今天的夜色里
让弦月的淡然
着染　那滴答的忧伤
悄然结成一颗剔透的清露
轻倚着荷叶的边儿
清风一拂
落在池里
成就一汪的相思

想要将最美好的年华留在世间

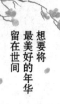

辉煌的等待

每当风雨

锈蚀屋顶的时候

你

总是这样的　站着

推开窗棂

推开城市的车水马龙

想象夕阳的诗魂

想象每一座孤独的桥

你

总是这样的　站着

放逐每一声城市的晨光

放逐每一次遥远的呼唤

也许

你这样的　站着

只是为了无期的回音

最终

在窗前挤满梦里的风景

你

就可以像膜拜父母一样

双膝跪地

你

所有的忠诚

便从布满血丝的眼睛溢出

终于

汇聚成男人一次辉煌的等待

想要将最美好的年华留在世间

如果你不能柔情似水
请不要靠近我

如果你不能柔情似水

请不要靠近我

因为高原的风雪　刀锋一样

太过刚硬

因为年轻的母亲

打马草原　英姿飒爽

驰骋的青春年华　宁折不弯

如果你不能柔情似水

请不要靠近我

因为故乡的影子　瘦骨嶙峋

太过沧桑

因为我们的父亲

征途漫漫　了无牵挂

背负的父子情深　若梦若幻

如果你不能柔情似水

请不要靠近我

因为早就习惯了　孤影随行

因为好多时候

学会了

微笑着思想

学会了

捡上几片淡淡的月色

在未曾望穿的夜里

做上一个风景

没有人的时候　再流泪无声

然后

固执地与苍凉拥抱着穿越孤独

所以

如果你不能柔情似水

请　不要靠近我

想要将最美好的年华留在世间

出　现

许多故事

总是这样出现

总是在我眺望任一片打开的天空时

引人入胜

于是我读故事也写诗

偶尔

一声问候

早早飞入稿纸歇息

诗也就有了一种预示

诗里总有故事

于是许多诗

总是这样出现

总是在我饮尽每一杯老酒时

首首飞扬

于是我写诗也读故事

当黎明打开了故事

开始阅读这世上的琐碎人间

诗也就殷红

殷红地绽放

痛饮的乡愁

——致敬余光中先生

原先以为
在残阳断巷深处
还能捉上半片西风
轻轻地
夹在您乡愁那端

原先以为
在情人桥下摆渡
还能摇出一叶心爱
静静地
聆听您七层塔檐上悬着的风铃

原先以为
发上的十月潮湿后
还会有人打雨而来
悄悄地
带着您古典的幽怨和爱恋

想要将最美好的年华留在世间

终于等到

树和风一起生长

清月美妙地把村庄铺开

才蓦然遥见

先生，您啊——

正孤独于海峡那端

痛饮

那一条长江水

再次　致敬光中先生
续写的《乡愁》

您言及乡愁的时候

我还很幼小

那时　台北的厦门街一定是闲适而古旧

就像　理塘高原窄窄的十字街

您轻轻

贴上的那枚小小邮票

把无奈

惆怅与沧桑漂洋过海

十多年后

年轻的我走在故乡的旧街

大巷口街边伫立的邮筒

总让我听闻到您的长吁短叹

当夕阳

把老宅拉拽得变形走样的时候

我才体味到那一方矮矮的坟墓

埋葬了

您多少的思念　遗憾与悲戚

等到我知天命的时候

想要将最美好的年华留在世间

来到了厦门大学

这是　我此生离您最近的地方

纪念馆里挂着您续写的乡愁

"而未来　乡愁是一条长长的桥梁　你去那

头　我来这头"

而此刻

我在海边

您却早已带着乡愁

游走　在高远的云端深处

　　　　　　　秋池 2023 年 7 月 26 日初稿于厦门大学

回首　雨巷

——致敬戴望舒先生

那一天
回首凝望
柔软的背影和分手的巷口
渐渐蜕变成夜与昼的雾界
那一天
熟悉的那首老歌
只是泊在西风中
一只孤零零的瘦鸟
伤残的羽翅
还在我的眼角颤动
明白是千年塞外的漫漫黄沙
厚实地掩盖去
曾经江南的烟波浩渺
那一天
我清楚地记得
那长夜
终于被我生生剪断
我的心

想要将最美好的年华留在世间

终于结成一声浩亮的鸽哨

我的手

终于风化在故乡浓浓的秋雨里

只有那位结着愁怨的姑娘

丁香一般

开放在巷口的老屋檐下

伴着撑起油纸伞的夜行人

缓缓地

化作雨巷里一盏幽幽隐隐的路灯

雨落　青瓦

——致敬卞之琳先生

寂寥
是晚照后的宅院
宅院
是青瓦庇护下的百年风骨
雨　落　青瓦
情　难　自禁
举　头　望断
水　滴　落花
如民国时期的您
站在桥上看风景
此时
楼上看风景的小姑娘
正安静地看我
还有
那些些雨滴沥沥
打湿去片片青瓦
浸润我如此寂静的向往
而我
恰好装饰了
别人手里一点点微调的镜语

想要将最美好的年华留在世间

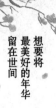

风季系列

一

你的风就快枯竭

吹断的影子粘接在水与岸之间

异乡有歌遥遥而来

柔柔的　似在呼唤你的小名

仿佛清澈的溪流

流过你龟裂的皮肤

也有

未干的泪　证明你的悲哀

你的悲哀

是天狼吞噬的星斗

在漫不经心的夜里如河冰浮动

你不曾知道外面的世界

却如此熟悉每一个眼神的暗示

暗示

是一面铜镜

无知地照着你

照着你的每一个风季

二

你的风
并没有因冬寒的离去枯竭
连续的狂乱　嘶鸣
把建昌古城拉拽着
裹进了立春
如此放肆　如此狂野
停泊在海河边
那青石小桥下的童年
也就晃荡着漂入风季
没有了成长的帆
搁浅在吹落的太阳尽头
所有的眼睛
所有的耳朵
所有的心底
在古城高高低低的起伏里
陆续地打开
安静地　看着你的风
安静地　听着你的风
安静地　想着你的风
你的风
在驻足的刹那间

想要将最美好的年华留在世间

那故乡
第一朵桃花就已奔放而出

三

夜晚
就这样安静地倒在我怀里
我
才轻轻地将她安放
夜晚一翻身
又掉落在山的那端
我
俯身再次抱起她的时候
醒来的已是一抹春晓
同样安静地望着故乡
等候
季节的风声鹤唳脱缰狂飞
这是
故乡多年以来的习惯
将她从冬天带来的疲惫
慢慢分解
随风飘散在田间山野
成为一阵阵的风声
一粒粒的尘土
一片片朗日的光芒

当风停音殒
尘土没入脚下的大地
太阳高高的开始远游
我
这才盘腿而坐
就这样安静地看着
看故乡正春暖花又开

四
——厦门记忆之"杜苏芮"

"杜苏芮"——
一个好温婉的名字
总让我想起
那位跟着感觉走的苏芮
节奏明快　踏风而来
"杜苏芮"——
貌似一位风一样的女子
却不是
清风不识字　何故乱翻书
也不是
疾风知劲草　匆匆扬蹄掠过
更不是
微风和煦　温暖柔和的拂面
传说她到来之前

想要将最美好的年华留在世间

天出奇地闷热

天也焕发出奇的湛蓝

云也出奇地美轮美奂

她更像一位即将远嫁的女子

携带一船船沉甸甸的嫁妆

风风火火

生怕赶不上既定的婚期

急急地踏浪行来

她被岛城的人们

冠以台风　强台风　超强台风

这样的女子定然是强势的

我想

该是怎样的人家才敢应下这门亲事

我无比好奇

所以

今夜我独自喝着啤酒

静待风来

　　　　　　　2023 年 7 月 28 日凌晨三点写于厦门

五

这个季节

沉睡和醒来都是在风里

曾经漫长的季节

被风一吹开始匆忙起来

许多人被吹走成了过客

许多事被吹远成了往事

当然

也有许多曾经的明天被吹来

也有许多往年的希望被吹来

比如

母亲眼里儿子的又一次成长

比如

人潮汹涌中悄然到来的爱情

都像是故乡多年来保持的简约和朴素

平常得一如晨间的阳光

让内心温暖而执着

平常得一如市井的人生

让泪流温润而无声

想要将最美好的年华留在世间

七里地

七里地不远

走了很久

七里地上有一间梦里的木屋

屋檐风干的等待

深刻地勾画出一个家的轮廓

七里地上阳光普照

云　一朵朵地开放在原野上

你和向日葵站在一起

笑容饱满而圆润

七里地不远

走了很久

七里地上有一位理想的情人

长发在民歌里飞扬

悠然地谱写一曲映红的相思

夜　一簇簇地弥漫在原野上

你和星与月相伴相依

童话般清纯透明

七里地上

开始孕育故乡和故乡的守望

七里地上

开始生长从未有过的一片寂静

和山泉一样的故事

想象着秋天

想象着秋天到来的日子

七里地上

一定盛开最柔软的情怀

等待收获的

一定是风尘仆仆中

情到深处时的那一份孤独

想要将最美好的年华留在世间

生长在土地里的声音

丰收过后的土地

又一次回到贫瘠

开始滋生漆一样的黑夜

曾经的河水

也在早春的一天解冻

开始浸过我的耳朵

在眼睛与眼睛之间流淌

天空就这样打开　叶草就这样生长

鸟儿　也就这样飞翔

丰收过后的土地

又一次松动皮肤和筋脉

开始埋植重生一般的渴望

曾经生长的痕迹

散落在泥土的新鲜里

我开始闻到这生长的味道

在年头与年头之间飘过

村庄就这样打开　炊烟就这样升起

我们　也就这样奔忙

丰收过后的土地上
影子在太阳下孤单而执着
那些个被额头挤得很紧的日子
全被浇洒在丰收过后的土地上
我开始听到长在土地里的声音
茁壮有力地传来
——孩子　不要为生长盲目地快乐
生长是一个苦痛的过程
——孩子　不要为消亡盲目地悲哀
消亡是另一种方式的觉悟

我听到了
我真的听到了长在土地里的声音
那声音果敢而坚韧
在正午的土地上　锐光四溅

想要将最美好的年华留在世间

梦·生命

我从来没有梦见过
一只鸟儿
会忽然停在我的眉梢
诉说它千里的奔袭和寻找

我从来没有梦见过
一棵老树
会落尽最后一片叶儿
就开始枯萎去春天的想象

我也从来没有梦见过
死亡
会如此贴近
在我的枕边梦魇一样反复

夜半里总有歌声
重叠我每一次的辗转反侧
京胡的悠扬

与

马头琴的苍凉

都如同陈酿悬垂于杯壁

浓稠之间早已注定挥手别离

我也从来没有梦见过

重生

会生成长在我永远瞑目的那一刻

花香鸟语一般

纷扬生命所有的意义

想要将最美好的年华留在世间

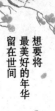

写在生的日子

今天　跑马山下的最高温度 24 度
阴　见多云
好多年前的今天
跑马山下的气温还要低些
但风一定很大
因为母亲说过
那天我的哭声飘得很远

今天　邛海四周的气温高达 34 度
有云无风
零点过后　太阳便已蠢蠢欲动
酷热让母亲忘记了好多年前的今天
酷热也让倔强的母亲没有了胃口
于是
熬了绿豆稀饭　蒸了蘸水茄子
炒了京酱肉丝　还有青椒苦瓜
看着　母亲吃得很舒爽
我想　好多年前的今天

母亲
要是一边听着我的哭声
一边还能吃着这样的饭菜
该有多好

想要将最美好的年华留在世间

黑白的记忆

喜欢黑白的记忆

这

和年龄无关

和此刻持续的炎热也无关

只有指尖细细的烟卷儿

闪烁

一丁点儿的色彩

提醒

缤纷的繁华就在窗外

喜欢黑白的记忆里

透过

外公黑色宽边的镜框

看着

外婆身着白色的对襟衫

正慈祥地

把整个夏天打望得分外清爽

喜欢黑白的记忆里
年轻的母亲
站在古旧的照片中
白白的脸颊旁
那两根乌溜溜的长辫
不知编织了
多少个走在云端的日子

想要将最美好的年华留在世间

是　夜

扬腕挥毫

浓墨　溅在了一个人的天空

只一笔的墨色

浸润得好快

抹去了　今天淡淡的云

还有今天　星与星狡黠的暗语

是夜　便浓烈如酒

沉睡了早已醉倒的千愁

酒越浓　夜更深

夜更深　坐立的思想就会飘移久久的虚妄

是夜　便清晰如昨

勾画了已清醒的伤怀

伤愈重　夜愈沉

夜愈沉　睁开的眼睛就会飞越长长的遥远

是夜　也因此明亮起来

在邛海起伏的夜潮里舞蹈

在群山连绵的叠嶂中穿行

是夜　让故里还原

让父辈重生

让童年吐露新芽

把补过疤的日子捡了又捡

是夜　也因此朴素得让人流泪无声

想要将最美好的年华留在世间

我的父亲　母亲

秋高冬暖　春去夏至

少年成长　暮年老垂

曾几何时　父亲的微笑春暖花开

曾几何时　母亲的目光冷峻如锋

与父亲的日子很短

像走街串巷的吆喝声一晃而过

和母亲的日子很长

如同夜宿老宅里那些长吁短叹

曾经　远远的父亲

在成都的繁华里　绵阳的喧嚣外

在故乡的和风中

彼此还能再见

睡梦里还能感觉父亲的手轻抚脸庞

而今　远远的父亲

站立成了一块冰冷的石碑

磨砺着 2019 年的隆冬

透出那一点点春寒青绿的外皮

曾经　身旁的母亲

即便是在远远地吟唱高原的月亮

声线也是如此低沉浑厚

即便是在耳边的嘘寒问暖

也如君临天下一般君命难违

而今　身旁的母亲

步履迟缓　啰啰唆唆

执拗得依然像一截锻造过的钢铁

坚硬无比地对抗着来世今生

想要将最美好的年华留在世间

这个冬至

这个冬至与母亲有关
螺髻山的腌肉　大箐梁子的萝卜
农家腌菜胡豆瓣的汤
大红灯笼椒的回锅肉
母亲说今天得再多吃一碗饭

这个冬至与诗歌有关
花鲢鱼头的火锅　十五年的泸州老窖
企图让久煮的诗意
挥洒成数九的歌

这个冬至与邛海有关
鹅蛋煎炒的香菜　会东牵来的羊
三十年的老友
一壶橙黄的酒
熏倒了我和泸山脚下的"醉太平"

这个冬至与重庆有关

私家的香肠　灌满四季的情义
邮来的老友情深
还不让我言谢

这个冬至与情感有关
13 分 17 秒　是华姨的来电
温润的话语
让泪成酒　也让酒成泪

想要将最美好的年华留在世间

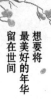

十九日的絮语

我闭眼的时候

世界和苦难一起进入永夜

就像遥远的父亲

最后无声无息地离去

沉默无语间

只有父亲的手在黑暗中轻抚我的脸

手心里短暂的温暖

全都泡在床头柜上那一杯蜂糖水里

那一刻

哭泣无声　父亲无言

我再次睁眼的时候

婴儿的手和母亲的笑很明媚

格桑花遍布

开放着　康藏高原上漫山溜溜的小调

酥油茶桶里翻滚着新生的味道

正午的阳光

让一切看起来鲜明光亮

就连我的咿呀叫唤都有了色彩

那一刻

世间鼎沸　母亲疲惫

想要将最美好的年华留在世间

菜市即景（组诗）

花菜

走过菜摊
摊主问　要花菜不
不要　我头也没回
摊主喊了一句
——那么帅的帅哥　日子里怎能没有花菜呢
于是
我折身返回

茄子

老板　您看
这茄子多嫩
可以蒸　可以炒　可以炸
还可以烧鱼香茄子
哦
原来茄子落在水里

也是一条游动的鱼

黄瓜

褪去外衣
翠绿的肌肤脉络清晰
一刀拍下
清凉四溢

四季豆

依次躺在菜篮里
像豆丁一般可爱相互簇拥
正悄悄地
聊着这个季节如何饱满
可老辈儿们
总爱说你们油盐不进

苦瓜

也许是一篇翻阅的往事
也许是一首唱过的老歌
也许是一段关于爱情的苦恋
听得
他起了一身鸡皮疙瘩

想要将最美好的年华留在世间

十一颗花生

那些被按下暂停键的日子　独酌

剩下十一颗花生

这个秋夜的深处　失眠

一堆的心情如这夜的雨

最后一瓶"诗生活"　二两

正孤独地靠在书柜边

呆呆地望着我

彼此对视片刻

一颗花生一口酒

十一颗花生消灭了十一口酒

一滴不剩　正好

而我

就像完成了第十一次怀念

恰到好处地走过夜的背面

鱼

一只快乐的鱼

不断启合的腮腺

总在吟唱阳光和空气

斑斓的鳞甲

总在墨绿清幽的背景下

炫耀无羁的自由自在

于是

鱼携带自在的傲娇

行游穿梭于假山林立的错落

有水草为鱼而歌

有扇贝为鱼鼓掌

彩色的灯和着气泡

都是鱼一次又一次高光展示

鱼只想

快乐奔忙

摆尾击拍

不知自己还有多久的一生

鱼

想要将最美好的年华留在世间

哪儿能知道
装进玻璃缸里那只快乐的鱼
就是自己
即便游动的起点
早已是注定的终点
鱼
也依然是一只快乐的鱼

狼的守望

没有一声长啸

也没有一段凄厉的走板

没有一次跳跃

也没有一瞬灵动的回眸

狼

只是保持坐立的姿势

以静止的状态

望着河水和彼岸的山梁

风吹落叶时

可有掩藏去那亲切的路径

飞禽走兽些

可有异动惊醒家里的安详

曾经一起奔腾天地间的同伴

此间　可还有

独自追随残月的影子

抑或　以坐立的姿势

一口一口地舔净追逐的伤痛

河水潺潺不断地洗涤

想要将最美好的年华留在世间

如此遥遥久远的注目

狼

依旧保持坐立的姿势

以绝对的柔情在守望

守望着

那些飘荡在故乡上空的游魂

想要将最美好的年华留在世间

时间很多时候就是冬季的背影
感觉一种没有具象的洁净
时间很多时候又是春暖花开的声音
有了一种自我绽放的陶醉
飞鸟醉过山水醉过
还醉过了我们的家和脚下的土地
听着　听着
便想要将最美好的年华留在世间

少年的惆怅在迷茫的悲伤中流淌
总像是苔藓在晨间发出嫩绿的光芒
把往日也映照得青幽幽的通透
那只有一个人时才吟唱的歌子
也开始从阁楼木屋的缝隙里飘出
在阳光下轻灵灵地舞蹈
看着　看着
便想要将最美好的年华留在世间

想要将最美好的年华留在世间

贫寒年代里的天空格外的蓝

城市也和乡村一样

纯净着那些日常的童年与青春

走过去　跑过去的日子

哭过去　笑过去的日子

全挂在老墙上一点点地润色

蓝莹莹的还原着那过去的天空

想着　想着

便想要将最美好的年华留在世间

青丝与白发终究散落在长安故里

命运不知何时开始在现代文明下被催生

长成了一栋栋都市的代言

长成了一个个智能的表情

遥远和不再遥远　都终将沉沉睡去

成为一块块墓碑上的一个个二维码

梦着　梦着

便想要将最美好的年华留在世间

所以牵挂

——写给女儿

你不在身边　　所以牵挂

暖冬的夜里无风

清月如霜染白了眺望

轻灵的夜莺声声

让夜深沉让夜无眠

你生病了　　所以牵挂

大地展开怀抱放逐念想奔跑

孤独的行者踽踽

让酒浅吟让酒深情

因为情愫的纤细　　所以牵挂

因为漫长的牵挂　　所以感觉力量

原始的筋脉

开始在血液里顽强地搏动

你站在早寒夜露的边缘　　所以牵挂

听见了吗　　那从未停歇的呼唤

我要你走来

我要你披风戴雨而来

我的手正缓缓打开

想要将最美好的年华留在世间

绽放初昼一般明亮的怀抱

你的气息已在田野里发芽

所以牵挂

你的微笑冬雪覆盖一样的纯真洁净

所以牵挂

我把牵挂　挂在清晨的树上

远远地飘扬

你一定会看见

因为你的看见

所以牵挂　一定飘扬永远

初恋的歌

——这是二十世纪八十年代末，一曲关于青春
的佐证

你飞吗

可不要太高不要太远

那样　我的天空会失色

　　会像竹篱笆墙一样层层剥落

孕育我的黑土

　　会从此生长黑色的沉梦

那古老的呓语会将我的光亮掩藏

只有一曲最凄婉的夜歌

渐渐地　渐渐地

把我唱作一片疲惫的东风

喑哑地吹去一个又一个昏黄的日子

你飞吗

可不要越出我蔚蓝的目光

那样　我的草原

　　会镀上一层记忆的风沙

所有的海洋

　　会登陆呼啸你如歌的长发

想要将最美好的年华留在世间

那深重的期盼

　会将我的篝火再度焚烧

只有你最轻柔的声音

渐渐地　渐渐地

把我失落为一盏孤灯

细数一叶又一叶零落的情愫

日落以后　我想你不再飞

而是结成一粒种子

顽强地来选择我最坚实的土地

把你的根伸进我长满荒草的眼睛

　伸进我爬满青苔的心底

让我在春天把你开放

和夏花一起开放

——写给走在平凡之路上的大哥

你独自行走

四月从衣兜的摆动里

一不小心　抖落

一双　坐在河水边沿看夜的眼睛

在很久以前

就一直被你长长的影子拖着

向前　向前

清醒和熟睡都被扛在肩背上

殷红和翠绿都开满梦里梦外

隔着河岸的双手

沾满了褐色的泥土

被你堆砌成午后的落日

黄昏因此在白夜枯萎

你的影子始终如一

即使在黑暗里也一样在燃烧

你是大哥

像曾经年轻的母亲一样独自行走

河堤上的耳朵

想要将最美好的年华留在世间

在很遥远的时候

就一直在倾听你沉沉的脚步

向前　向前

当把夜叫醒的声音传来

你才坐下　歇歇

在河的对岸

和夏花一起一朵朵地开放

就此别过

就此别过吧

那一年的冬月二十九

如果说你是一道江湖

那么彼此

就在这个暖阳开放的时候道别

握别的双手扬起过三月的烟花

也曾铸造过五月的光芒

梅雨时节

你也曾煮酒论剑

剑走泥泞削落一地的雨季

让仲夏里的路人梦里飞花

秋黄季节

你也曾摆弄枯叶败蝶

舒展地镶嵌在古旧的集子里让人驻足

如果说你是一道江湖

那么彼此

就在这个寒气彻骨的时候道别

四目相对

想要将最美好的年华留在世间

聆听流水解冻后的声响
你也曾把酒迎风
醉倒一路行来的数百个日子
让南来北往的过客不愿醒来
你就是一道江湖
让　喜　怒　哀　乐
全都溶解在你几案上那一砚墨池
随你把那年的冬月间挥毫泼洒
浸透出一纸水墨丹青的来年花开

夜听秋声

一路风尘的
不只是昨夜那一场雨
还有那
一直砰砰作响的心
此刻
我只想听到
秋天落在地上的声音
将心情
从此分离在天上人间
没有归途的异乡
也许
可以看到
一轮故乡的明月
升起在无望的心间
抬头
便可见故土和亲人
还有
烈酒和岁月
此作品收录于陕西师范大学出版总社出版的《2021年
中国新诗排行榜》

想要将最美好的年华留在世间

干枯的夜

眉头在春天到来时依然紧锁

夜

因此只能在你额头上

一个时辰

一个时辰地渐渐干枯

你眼角残留的泪水

却怎么也无法流进夜的根茎

最后

都浇灌在你脸颊上开着的消瘦

干枯的夜里

老人　孩子

海水和群山的剪影

重叠　漫延

在无尽的想念中

都摇到了几十年前的海河桥边

让梦晃晃悠悠

开始无所顾忌起来

所以你可以

清晰地听到车马声声

还有追逐吵闹中

那些个长者絮絮叨叨里

不停奔跑的童年

梦境也宛如一个美丽的女子

渐渐丰腴起来

在干枯的夜里吟唱爱情

清灵灵的

清湿了你醒来后

一地从前世带来的心情

想要将最美好的年华留在世间

笑看风云

这个春天

好些个城市在不断抽泣中

失去了应有的轮廓

那些往日的欢歌笑语

都泪水四溢

流向昨年黄昏淹没的地方

我们如过客一样途经驿站

天际早早地

掉进了深深的蔚蓝

空城一样歇息

只挂一片白白的云　孤帆远扬

飘过许多

正开放着茂盛的城镇与村庄

我们远远相望

我们驻足而立

我们只能远远地相望而立　相互致意

然后

再把相互的影子揉碎成一把种子

挥洒在黄褐色的土地里
等待成长
长成山川故里的一棵棵树
等待风起　等待云涌
然后
我们一起笑看风云

想要将最美好的年华留在世间

二泉映月

一位年轻的道士

打 1893 年开始

在无锡的雷尊殿里里外外

徘徊了好些年后

背挂起一身才华踽踽地远道而来

面朝冬夜的泉边端坐

蛇皮二胡

从此便流淌着盐渍过的悠悠回音

将那夜的月亮腌制得异常淡白

心的酸楚　映月如歌

看不清的岁月

从此

坐在阿炳的身旁流泪

弓子稳稳地颤动

飘出的松香

开始熏染散落一地的辛酸人生

看不见的世界里

从此

只留下拉开的那一夜

洞　穴

黑暗螺旋般地缠绕黑暗

我可以听到声音

在空寂里一瘸一拐地走过

而我的眼睛始终无法穿透

黑暗是如此无边无际

而我庆幸

好在还拥有着许多光辉的想象

风紧紧裹住我的呼吸

从容　踏过了西郊乡那平顺的清幽

踏过了海河水那平静的流淌

踏过了泸山松那满布的苍翠

老城古稀依旧地笑

许是过于激动

颤巍巍地跌落在邛湖

涟漪不断泛起身体每一寸清瘦地生长

阳光落在我的琴上

稍后　月色也随之爬满了和弦

是一曲离殇的调子

想要将最美好的年华留在世间

还是望乡台前尘印寥寥的生命轮回

车马声声　由远及近

我闻到了泥土的芬芳

闻到了童年的欢颜

闻到了少年的烦恼

贫寒年代滋长的快乐篝火一样

熔化去一幢幢高楼

再熔化去一座座大厦

青烟过后

我终于可以走到洞口　手搭凉棚

望断了邻家的一个个村落

最后　望碎了——

自家老屋脊上那一溜溜小片青瓦

断　想

一

独坐
阳光斑驳地挂在老墙上
偶尔扬起的尘埃如风
院外冒出墙头的枯树
千年古画一般地颓废着
是三月　烟花一样的三月
一切都在静水深流

二

日子
网一般地撒开来
偶尔随细雨纷纷落下
落在水里便成了一轮满月
所有挣不破茧的想象
就都睁开一双双眼睛

想要将最美好的年华留在世间

呆呆地　望着十五的夜

三

中秋

会独自而来

极其平静地为每一寸土地着色

这夜注定会有些度数

勾兑成了醉月倒映的一池湖水

自己正好弯曲成一叶轻舟

尽情去穿越圆圆的夜

四

耳朵

渐渐竖立起

远远地传来一支结满尘埃的歌子

摇晃着

某年某月的某一天

破碎地清唱那张脸

露出半截

曾经年少的孤单

五

回声

不断地过滤小巷

飘散片片木鱼

爬满在潮湿的窗台

余音袅袅地流淌过巷子深处

写意着

古旧的那些年代

六

黎明

忘却了一夜的寒冷

这个时候

盼望是路过晨间的故人

悄无声息

唯恐惊醒每一条熟睡的街巷

隐隐地

飘飞太阳跃动的声音

想要将最美好的年华留在世间

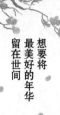

殇

——聆听杰奎琳·杜普蕾大提琴经典有感

首席　是你高高而上的位置

那一时

你和你的情绪都稳稳地栖息在灵魂深处

只有指尖的律动

将时间轻揉　轻揉到以秒来计算

最后　细碎成一粒粒的音符

飘逸在整个八月之间

沉醉的你　又怎能知道

那一时

我正坐在你的琴弦尽头

倾听着一段极度空灵的诉说

大提琴　是你拥抱入怀的世界

那一时

你和你的眼神都静静地寄居在忧郁之巅

只有弦弓的流动

将夏夜拉长　拉长到太阳不再醒来

最后　错落成一段段音阶

堆砌在整个黑夜之间

沉醉的你　又怎能知道

那一时

我正坐在你的琴弦尽头

默读着一段情深厚重的悲伤

想要将最美好的年华留在世间

远　方

远方　有多远呢

是隔着两三条街的吆喝声

还是　一十九层公寓楼顶栖息着的鸽哨

是消失在胡同拐角深处的背影

还是　夜幕一浪浪垂下后摇来的夜歌

远方　有多远呢

是铁轨向前无尽延伸的晨曦

还是　朵朵白云水墨丹青呈现的雁阵南归

是烟花三月的夕阳西去

还是　故人席地对坐一饮而尽的枯黄老酒

远方　究竟有多远

是如　乍暖还寒里曾经温热的胸怀

还是别离后就开始发芽的思念

是如　渴望雨露间滋润的山川平原

还是横跨江河东西的湛蓝坐标

远方　究竟有多远

即使是在大洋彼岸遥遥无期地奔走

远方　其实也不远

远方一直种在伫立的心间
破土开放
即是一簇近在眼前的芬芳

想要将最美好的年华留在世间

荒 岛

——其实城市有时就是一座荒岛

这样平静的时候

还有些淡漠的时候

就是这样不曾经意的一天

独自被流放　独自被规定成为一条定义

打印在这座城市的某一条大街

即使开了春的风也很野

放荡地撕扯着生命

那么　这是注定

只能独自去捡起一地碎片的日子

醒来便只剩废墟　只剩荒芜

还有一扇扇关闭的冷漠一道道紧锁的虚伪

曾经的城市已是荒岛

仗剑兀立

独自和初民一样把渴望生吞

嘴角流挂腥血

酒会因此而红　因此而醉

如果手中这把剑也因此而断

那么　保留依旧的微笑

就是拐角处一盏最后亮着的灯
可以照亮婴儿的啼哭穿破黑夜
荒岛和城市一样也有梦想
梦想是潮的　是咸的　是失恋的情人
然而　此刻的我不是梦想
我不过是白发母亲的一声长长叹息
在流放中回音
那么　这是注定
只能独自深深地沉入黑土
去呼吸生长的气息
不知道
往后的梦想里还是否能着染上彩色
不知道
自己是否还能成为城市里一个来来回回的行
者
……

想要将最美好的年华留在世间

声　音

我站得好远
古城浮雕一般
雕琢在那眼光跌落的尽头
凹凸地显现古朴的往事
大街小巷里
传来的声音悠悠
零零落落地扑满了我的双肩

我站得好远
邛湖渔家一网
撒开来三三两两城南旧事
上下地翻越流年的悲喜
水花四溅里
开着的声音悠悠
飘飘洒洒地打湿了我的衣襟

我站得好远
故友斟满老酒

挥洒难离难舍的依依作别
饮尽逍遥从此浪迹天涯
浓烈杀喉里
无语的声音悠悠
摇摇晃晃地醉倒了我最深切的怀念

我站得好远
只有　声音能听到

想要将最美好的年华留在世间

只是走过

告别自己

告别身边所有的人

去　走过尘封的岁月

影子

居然有了灿烂的绽放

故乡很遥远

在结冰的湖面上

像　一个光荣的梦想

昨天

你还坐在孩子的委屈里抽泣

是大人们丢失了给你的承诺

还是你丢失了心爱的玩具

身边越来越汹涌的人潮

把你的茫然拥挤得紧紧的

最后带你回家的

是一个叫作母亲的人

夜　把叫作母亲的人

装进了那盏油灯里

却　把你装进了母亲的心里

你笑了

和绽放的影子一样灿烂

你喝干了

老坛子里　窖藏了多年的乡情

背负着月明星稀

告别自己

告别身边所有的人

去　走过今夜

去到　最靠近故乡的地方

去到　最靠近光荣的地方

想要将最美好的年华留在世间

独处挺好

这青石的阶梯

上上　下下

踏过了　好些年陈的过往

人潮汹涌　而今　静寂

唯雨声在夜里流萤飞溅

独处挺好

真实的笑　真实的泪　真实的独白

可以抬头仰望

高远的美丽依然

这青石的阶梯

长长　短短

磨平了　好些年陈的回望

曾经年少　而今　华发

唯残阳在西去点点散落

独处挺好

随意的酒　随意的醉　随意的泼墨

可以低头俯视

初生的希望依然

灰色的树

——写给故乡的南城门大通楼

没有人知道树的根茎

从遥远的荒野

早已开始逃离

逃离到近郊

最后慌不择路地流窜到城市繁华深处

在某一个春天

桃花一样盛开慈眉善目

盛开欢歌笑语

也盛开告别的渐行渐远渐无书

所以春天的背后

有了一丝丝啼血

孩子一样　渴望那一口母亲的乳汁

那一刻　天空是无比的湛蓝

那一刻　城市是无比的沸腾

被惊醒的清晨

就这样悬在空中和树对话

说着　说着

那树便开始吐露灰色的新芽

想要将最美好的年华留在世间

诗　总是走在前面

诗　总是走在前面
我步履蹒跚地跟在后面
晌午的风
吹湿了端午好些天
诗　就刚好歇息在前面的山梁
那里炊烟升起
一日三餐地守候雨过天晴

诗　总是走在前面
我紧赶慢赶地跟在后面
故土此时
正牵着五月乡音难改
诗　就刚好坐在六月里笑着
那时花开无语
童声清亮地飞扬年少轻狂

很多时候啊
诗　总是走在前面像风华正茂的母亲

我就这样打着小跑地跟在后面
一路倾听
妈妈把高原的月亮吟唱得透亮
很多时候啊
诗　总是走在前面像莞尔一笑的情人
我就这样饱含深情地跟在后面
一路甜蜜
把日子一个个紧紧粘连得没有了明天

想要将最美好的年华留在世间

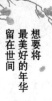

围棋观语

你
一袭　黑衣清冷先行
我
后着　白衫飘逸落子
攻于　青山绿水缭绕之间
守在　碧潭飘雪香溢之处
方寸间隔的静谧
时有击发利器相交的钢响
脆生生地显现黑白一般单纯的命运
时有一语久远不绝的叹息
强忍断臂的痛楚而放弃喧嚣的繁华
弹指间
去另觅又一处净地
于是　悸痛与欢愉
都泡在青花缠绕的茶道中
无语慢慢地
　　品味着韬光养晦
　　思忖着围魏救赵

揣度着暗度陈仓

当云子轻叩

烽烟再起时

对峙相候的

总有那尘埃落定的最后一子

于是　彼此搭手鞠躬

双双　落座在彼此的心上

胜负　皆于笑谈　散尽烟云而逝

想要将最美好的年华留在世间

停电的下午

停电的下午

南桥上摆渡一般的车流

在烈日下像翻了浪的鱼儿来回穿梭

停电的下午

这一片区如同被核弹侵袭

摧毁了所有的电子化设备

人们　开始茫然而无聊

我开始背负起树荫　散步

忽然想起了诗歌和那些写诗的人

整个下午　停电了

白昼的强烈让我看到了黑暗

黑暗里的北方一样黑暗

黑暗的北方里怀柔山区也一样黑暗着

怎么也看不清

那个躺在一间贝壳里燃烧的诗人卧夫

还有

他插在山顶上一首首飘扬的诗歌

但能够清晰地听到

他一声声自由的呼吸　时柔　时刚
均匀地将沉睡雕琢成一曲绝唱飞舞天空
整个下午　没有恢复供电
形影分离的时候　我依然走着
忽然又想起了诗歌和那些写诗的人
想起了翻越大箐梁子后
山脚下那一座并不太远的小县城
小县城的边上
那座被大胡子诗人发星叫作的双乳山
那个大胡子的发星
是否　此刻正打坐在自家的玉米地里
十分专注地咀嚼着
一粒粒排列成行　金黄色的系列长诗
停电的下午
直到夜色降临依旧没有恢复供电
电　开始成为了一次象征
成了一种渴望　一双眼睛　一次对话
而此刻　特别想让电再停长久一些
停就一篇无法住笔的文字
或是　一篇纯粹的断章
管它是诗歌还是散文
这并不重要
重要的是这一刻
我们不再被电子科技的数据所绑架

那一地的阳光　碎了……

——纪念好友家祥兄

你的父亲入土那天
是辛卯年的九月十二日
那天　是午后的十三点四十七分
那天　阴历显现寒露　煞南　冲虎
那天　我的目光涌动砸在了黄土上
那天　那一地的阳光碎了
北山的泥土　色泽尤为橙黄敦厚
似乎天然生就是皇天后土之地
爬坡穿过老城的北大门
陈旧的心绪马上就堆积起来
车马驰过　黄土飞扬
时隐时现苍翠的松林
心里默默地念叨
——"莹莹"你的父亲终于回家了
你的脸色跟黄土一样沉
跟黄土一样旧
你站在朱家湾的土坡下新垒的坟茔前
默默无语　表情有些木讷地等候着
风水师口中念念有词开始发送的仪式

几个彝家汉子和他们的婆姨　娃子
忙碌着搬弄泥水家什
我　独自蹲在高高的土坎上
远远地望着你
想对你说点什么　又能说点什么呢
点燃一支烟　深深地吸上一口
烟在身体里徘徊了许久
才徐徐飘出然后迅速散去
四周偶尔的人声杂语
伴着乌鹊"哇哇"飞过林子
剩下的便是茫茫的寂静
风水师在念唱中　忽地一扬手
你　吼出一声
——爸爸　请入土
那声音悠长而憔悴
那声线成熟得让人心颤
而你　只有十八岁
十八岁的你　就这样矗立在父亲的坟前
向着灰黄的土地　向着苍翠的松林子
和　那间隙中透出的天空
长调一般吼出
——爸爸　请入土
那一刻　就是那一刻
我的目光开始涌动
我的目光砸在了脚下的黄土上
那一地的阳光碎了……

想要将最美好的年华留在世间

生日夜

烛光摇曳

此刻　许愿的人儿是我

立秋之后

母亲远远地坐在跑马山下

那条乌溜溜的长辫子分外夺目

早已编织柔顺了

一生足够美好的年华

那时　我一定会奔向您

回归到您温润的怀里

孕育我的再生

母亲依然是我的母亲

只是再没有了

那些前世的苦难和孤寂

我也一定是您的儿子

在您轻灵的朗诵里

吟唤出第一声呀呀吃语

烛光摇曳

此刻　许愿的人儿是我

饮马秋池　喜极而泣
只因　来生
这缘　还在……

想要将最美好的年华留在世间

写给妈妈的诗（两首）

一　望月之夜

依旧是

那样远远的

和儿时的仰望一样

那样远远的你

依旧是一袭素颜

端端地倚坐在自家门前

让清辉徐徐入梦

静静印染

柔情了好几千年

流淌过的清街老巷

轻载暖意环绕万家灯火

今夜

你是一个归家的孩子

徘徊落在了

庭院倒映的漂浮里

今夜

你是一个赴约的情人
誓言落在了
路旁吐露新芽的枝叶里

悄然推启满面倦容的等待
我只想听听
你千年的孤寂
是如何
洒满母亲高原步步行走的记忆
我只想听听
你淡淡的忧郁
是如何
憔白母亲古稀之年的丝丝黑发

二　边界

母亲病了
夜　因此将小城
重重地搁置在海天之间
母亲的白发
在那个夜里　很悠长　很苍白
在那个夜里
延伸成为一道弯弯曲曲的边界
将她的苦痛分割到遥远
将她的安详放在了我的跟前

想要将最美好的年华留在世间

老墙上那盏仅有一个灯泡亮着的壁灯

也因此只微微显现

母亲的笑颜

在那个夜里　很慈祥　很温暖

在那个夜里

凝聚成一道清清晰晰的边界

将她的疼爱摆放得离我老近

将她的苦痛分割到了很远

夜就在窗外沉沉地挂着

许久　许久

终是支撑不住而一点点开始坠落

坠落在我的双眸里开始润湿

终是一点点地模糊了

那个夜里

我和母亲相坐的初冬

怀念永远的海子

——写在前面的话

　　海子，原名查海生，1964年生于安徽省怀宁县高河镇查湾村。1979年考入北大法律系，1983年毕业后被分配至北京中国政法大学哲学教研室工作。1989年3月26日在河北省山海关附近卧轨自杀。

　　在不到七年的时间里，海子创作了大量的文学作品。他说："我只想融合中国的行动，成就一种民族和人类的结合，诗和真理合一的大诗。"他离开的时候，年仅二十五岁！

　　海子，我不知道您的在天之灵是否有感知？是否洞悉您母亲深深的眷念？生命是您的，但并不仅仅属于您！当我们呱呱坠地时，我们的生命就已经有了千丝万缕的牵绊和联系。

　　诗歌可以关注爱、关注社会与自然，更应该关注生命的意义！生命是需要尊重的！

　　海子，我很欣赏您！欣赏您的灵性、欣赏您

想要将最美好的年华留在世间

的真挚、欣赏您的率直、欣赏您的坦然、欣赏您的才华。但海子，我永远无法，也不能欣赏您的告别。

记得曾经有位作家说过这样一句话："一个国家可以失去一位诗人而一个母亲怎能失去自己的孩子？你把最疼痛的一首诗，没有写进你歌颂的土地里，而是嵌进了母亲疼痛的血脉里、心房中。"

怀念——写给天堂里的海子（一）

许是没有太多留意

那天　海子永远地睡去

那间斗室

再也没有您的光亮

无尽的铁轨延伸着两道哀怨的目光

而您　是不是一座小站

静静守候流过的风景

当夕阳撑开碎花点点的伞

我想

您应是沐着晨露的青草地

在海面平静后

您匆忙中写下了　最后的春暖花开

我们没有一句问候的话

其实

您　我　很近

混凝土般的沉默

忽然间

我试着想伸出右手

但海子已永远睡去

坦然的脸上带有一丝笑

我知道您不会再醒来

流泪

开放的笔尖

有一片属于您的沃土

海子

　　海子

　　海子……

您能听见吗

您说的那位女孩会不会告诉我

那一枝野桃花送给了谁

怀念——写给天堂里的海子（二）

夜已然很深了

天堂里也有这样的夜吗

海子　我知道您是喜欢中国器乐的

即便是那沾着浓浓黄土地气息的锣鼓镲镲器

都能让您于沉醉中诗意飞扬

但这样的夜晚

想要将最美好的年华留在世间

我想应该还是蛇皮二胡更适宜些

您曾听见阿炳站在泉边说"月亮今夜哭得厉害"

那蛇皮二胡拉起

南瓜地里沾满红土的孩子思乳的哭泣声

也把今夜拉得慢慢长长

夜已然很深了

天堂里也有这样的夜吗

海子　我知道您是钟情大海的

即便是陌生人

您也会以"面朝大海　春暖花开"的温暖

去祝福　放飞您的希望

而这样的夜晚

我想海风太过凉寒

还是听听山泉梦呓般的低语吧

您住在山腰的门前

有您熟悉的九棵树和母亲的守望

那母亲的呼唤

也把今夜唤得很轻很轻

轻得渐渐飘出了窗外

夜已然很深了

天堂里也有这样的夜吗

海子　我知道您是喜欢饮酒的

您的酒量能让大地先于您而醉

然后

您称呼山为兄弟　水为姐妹　树林是情人

但这样的夜晚

我们还是泡壶上好的大红袍吧

用我盛开的思念来冲泡

一起等待五月的麦苗秀发一般散开

您的沃土里

一定依然会生长横溢的才华

怀念——属龙的人里有海子（三）

这一天

故乡没有了太阳

往常的明媚早已被囚禁

阴霾被挂在树梢

被挂在老人霜白的眉上

独坐　独坐的　还有海子的诗集

这一天

没有了风清而来

去路过弄堂口忆旧的等待

寒开始了生长

冷了黄土地冷了老墙后的院落

独坐　独坐的　还有老哥的思念

想要将最美好的年华留在世间

这一天
有了久别的惆怅
想起了龙　龙的图腾　还有属龙的人
犹然见着七年间
漫天纷扬的文字散落在山海关一段
浇铸成一座永远的小站

这一天
有了平淡的怀念
想起了龙　龙的图腾　还有属龙的人
犹然听见三月间
祭奠老友的泪如泉涌汇集在空间一角
成全了多年来一份揪心的疼痛

自画像

你的魂魄漂泊在轮回中
曾经的闪亮
渔火一般镶嵌在暗夜里的一端
你只若一无是处的魂灵在午夜歌唱
等到有雨的时候把自己湿透
等到有太阳的时候把自己拧干
晾在天台的空无里
你只若一无是处的水雾
在丛林的上空缥缈舞蹈

你的归途生长在伤口里
今夜的升腾
胡子一般固执地穿越孤独
你只若一无是处的过客
等到月明星稀的时候作别清风
等到有晨露的时候把来路斩断
一望无际地漂移中
你只若一无是处的扁舟
在故土难离里去踏桨逍遥

想要将最美好的年华留在世间

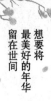
不可知

有一种悲　不可知

有一种痛　不可知

坚持起来的一次穿越

在春寒回流时

悄悄然跌落　软软地靠在一棵成长的树

有一种沉默　不可知

有一种静寂　不可知

广场街角蹲守的钟声

竟没有挤出过

熙熙攘攘的人群　去敲响南来和北往

有一种凄楚　不可知

有一种愤怒　不可知

眼泪也能是一股股滚烫的力量

唤醒每一脉流动的血

孜孜不倦地　去完成初昼的鲜红

有一种心情　不可知

有一种精神　不可知

流连忘返的目光

在被楼群撞击之后

开始分散跳跃　开始飞向远方

想要将最美好的年华留在世间

救　赎

北风在吹　北风一直在吹

霞光穿透的时候

你获得了温暖的救赎

冰雪开始融解

对面山顶你思乡的样子

你的容颜顺着山涧流淌

细细密密地

润湿了你归家的小路

腊梅初开的时候

北风在吹　北风一直在吹

我冰倩的灵魂

游荡在邻家小街的槐杨树下

青灰的冬意

把老家染成了一只淡淡的影子

等待夜寒而过腊梅奔放

我定然会被点点的殷红救赎

北风在吹　北风一直在吹

我想起了你
想起了简单的纯真
曾经的你长发盘起了少年的钟情
散落多少萦绕在清街冬去的情怀
湖水边轻轻地一吻
救赎了那位少年萌芽的情窦

北风在吹　北风一直在吹
古城老街也一下就消瘦了许多
如果你是游子
远道归来时一定会寻找一扇窗
纵然是万家灯火普照
你也能轻易地闻到那一丝熟悉的光亮
那是一个被称为家的地方
那将是你永远的救赎

北风在吹　北风即使还一直在吹

想要将最美好的年华留在世间

小寒映像

天幕灰白的背景下
你
宛如你的名字一样
倚在我的肩膀
轻轻地
你的唇落满了我的脸颊
落满了
我
遗失在这一季的手心

田野瑟瑟的风声里
你
宛如我的情人一样
带着伤寒的耳语
依旧在
轻轻地向我诉说
一位唤作腊月的心事
我
便缓缓地落在土里去听

故乡的暖冬

其实我很喜欢冬季
盛满寒意的天际空蒙蒙的
若遇上一场雪
银装素裹那份洁净与安宁
让身处的世界拥有了哪怕是短暂的纯净
我需要这样的纯净

其实我很喜欢冬季
寒重的清晨在匆忙中打马上路
若是晴天东边微露的晨光里
还能见四周散落的星
太阳照常升起这样的时候总感觉殷红的希望
我需要这样的希望

其实我很喜欢冬季
尤其是故乡午后冬日的炽热
会烘烤干夜寒露重里沉沉的疲惫
让身体渐渐舒展开来

想要将最美好的年华留在世间

感知过寒冷所以温暖倍知
我需要这样的温暖

其实我很喜欢冬季
即使是冬雨里的黑夜
总有一支烛光透亮
总有一壶老酒相伴
总有一些温润的念想放飞
冬夜便不再深沉而是自然地丰润起来
我需要这样的丰润

其实我很喜欢冬季
有一种季节叫作冬季
而有一种冬季
在我的故乡叫作暖冬

概念系列之——父亲与高原

泥土一样的冬天

就这样在故乡裂开一道黑夜

深邃悠长中

父亲总是在走道很深的时候来

像高原上蹒跚的牦牛

走走　歇歇

说来就来的雪

铺满了油灯下那可爱的张望

父亲一路踏过的足迹

弯弯　绕绕

总是踩得我的呜咽

断断　续续

父亲有时候也微笑

他微笑的时候

我总是能看到

吉语般的牧歌上

趴着一张张红红的笑脸

笑得童年如此的清澈透明

想要将最美好的年华留在世间

又见得

草原赛马会上让人咋舌的奔驰骑射

清脆地炸响了许多神奇

又见得

藏人们用木墩一次次去筑墙的沉重

让人总是无声地陷入黑土里流泪

又见得

藏族老阿妈打茶时胸前抖动的长长链珠

那一粒粒带着酥油味的宗教

熏染着我如梦如烟的童年

如梦如烟啊

如梦如烟的是离开康藏高原时

　　是一别父亲多年时

那只杉木碗里

盛得满当当的

一层又一层的秋天

九　月

九月
是一列奔跑的火车
一下将酷暑甩给了不曾停靠的小站
泛黄的叶儿　开始散落在故乡的站点
迎候着一个叶落归根的故人
九月
是一地无尽的草原
策马扬鞭最想套住那一轮攀爬的明月
银色的光儿　开始皎洁了打马人
只身疾驰而去的
那一段遥遥远远的孤单
九月
是一曲充满悲情的和声
一下将秋寒布满整条寂寂无语的街巷
盲人的歌儿　开始苍凉地扬起
刻骨铭心记着
那一场轰轰烈烈的怀念
九月

想要将最美好的年华留在世间

115

是今夜母亲难得的一次沉默
一下将老人家淤积的心事长满灰白
柔和的街灯　小心翼翼地照亮
那一个简简单单的背影
九月
是此刻辗转反侧地难以入眠
一下将眼睛悬在这个秋寒的深密处
让梦
一个又一个地不断去横亘交错
最后三维出一幅色泽浓郁的艳阳天

纪念日

今天　多云　小雨
和过去的大多数日子一样
今天　平静　平淡　平常
今天　却是一个纪念日
今天　想起了海子的那篇诗稿《生日颂》
——在生日里我们要歌唱母亲 / 她们把我们
领到这个不幸的人世 / 在这个世界上　只有
她们　无限的热爱着我们 / 在这个夜晚 / 我
们必须回到生日 / 回到我们的诞生之日 / 甚
至回到母亲的腹中 / 回到母亲的怀孕 / 和她
平静的爱情……
今天　是一个纪念日
好些年前的今天
母亲在跑马溜溜的山下经历了一场阵痛
分娩了今天
今天　便成一个纪念日
那天　泸定桥摇晃得很厉害
把新生儿的啼哭

想要将最美好的年华留在世间

117

摇晃得弯弯曲曲地上了二郎山

金刚寺里转动经筒的声响

落在莲花海里激荡起轮回的生命

年轻而疲惫的母亲

那一刻　一定是微笑着的

一定是微笑地看着今天

今天　是一个纪念日

今天　真的很幸运

母亲以她的坚强

给予了今天一个完整而健全的生命

可以让他自如地去感知人世

母亲用她的乳汁

哺育了今天一个初生儿的成长

将幼小的生命从康藏高原

带到群山环抱的碧波邛湖

今天　是一个纪念日

今天　是一个属于母亲的纪念日

今天的夜深里

我想　应该会再见康藏高原的云和月

立　秋

赫然醒来的天空
镀亮了一个又一个熟悉的
或是
陌生的面容
太阳终于卸下了一些些刚烈
我们
再一次开始行走时
是在这已经开始发黄的节气里
身后的夜深里
有根根白发早已暗中生长
长成
一枝又一枝蒿竿
撑过了
一个又一个无眠的滩头
让心情早早地
摆渡
去到好几十里地的中年

想要将最美好的年华留在世间

概念系列之——记忆父亲

我坐在雨后的草地

父亲坐在我远远的回想中

彼此都没有言语

曾经冬夜里留下的亲吻

总在冰冷地试着诉说

那双延伸得长长的大大的脚印

久久地

牵着儿时的笑和儿时的泪

一直奔跑在白雪皑皑的康藏高原

枕畔里偶尔的清湿

也总是

倒映出父亲熟悉又陌生的背影

摇晃着我一个又一个迷惑

很小的时候

也曾拉起外婆的手不停摇晃

想听听关于迷惑的故事

当最后一轮冬日飘出

故事依然紧锁在外婆那勒得很紧的额头

慢慢长大的我

只能静静地看到两个世界

一个世界伴着背影越走越远

最后了无踪迹

属于我的世界和我坐在雨后的草地

想象着父亲

想象着另一个世界

想要将最美好的年华留在世间

侠客行

你　从大漠孤烟而来

黄沙流过你的双肩

显现你硬朗的肤色

你　从雪域高原而来

冰雪霜白你的双眉

透着你脸颊紫红的刚毅

你　从天山携灵芝而来

如风掠过

留下一地的绿洲

你　从天涯海角而来

湛蓝的呼吸倾尽一路浩歌

你的马蹄声声

踏起　一路袅袅的炊烟

踏响　一阵悠悠的牧笛

你　飞檐走壁

飘过　刀　枪　剑　戟

你　蜻蜓点水

穿越　斧　钺　钩　叉

江湖浩荡

在你微微一笑中风云散尽

你的剑　从未出鞘

你的剑　只在心里

腰间晃荡的酒壶

陪伴你　跳跃在钢筋丛林之巅

　　跳跃天际与地界之间

你把酒临风

你独醉空月

只清醒地留下

那一段关于冷兵器时代的怀念

想要将最美好的年华留在世间

初夏的守望

执手　紧紧

两两　相望

却是　山已渐远

　水已渐淡

堆积的伤感

终是没了依靠

软软地化作

初夏夜里一丝丝的细雨

这雨啊

打湿了清辉的白夜

也把　故乡

打湿成了江南的小镇

于是

古香古色的梦语

若　墨润宣纸

便有了

江南的烟波浩渺

而你

是　一叶孤舟

装饰着湖面的寂静

而我

醒来的惆怅

是　小桥流水人家的一壶温酒

暖暖的

守望着　你雨夜的归来

此作品收录于中国文史出版社出版的《每日一诗·2022年卷》

姻　缘

——写在 2018 年 6 月 13 日

小时候

姻缘　是电影里新娘那张红红的盖头

是一笑、二笑、连三笑

唐伯虎的灵魂上九霄

百听不厌地掀起一双年少的懵懂

小时候

姻缘　是校门旁那深宅老院里

　　进出高挑的倩影

那一条摆动悠悠乌溜溜的长辫儿

好看着而想看着

小时候

姻缘　是母亲独来独往的威严

　　是符号一般存在得远远的父亲

　　是一段

总让少年丈量得越来越模糊的距离

长大后

姻缘　是男大当婚女大当嫁

　　是水到渠成开花结果

长大后

姻缘　是一场注定的相遇

　　是柴米油盐升起的一股烟火味儿

　　是伴随婴儿啼哭

阳台上飘扬的一排晾晒的"万国旗"

长大后

姻缘　成就了一份责任一份义务

　　成就了一段没有血缘的亲情

牵连着分分合合

而今啊而今

姻缘　像这六月的细雨连绵

湿透了一个人走的漫漫长街

想要将最美好的年华留在世间

六月的镜子

六月

消瘦地站在镜子前

灰蒙蒙的面容

便在淅淅沥沥的错落有致中跌下

那声响

异常清脆地弄花了镜子

也弄花了窗外湖水一贯的平静

六月的心情有了起伏

一浪浪地打湿了

水岸边那叶嫩红伞下飞扬的裙角

笑靥像一面旗帜迎风飘扬

山乡里的少年

一排排奔跑过六月和六月的镜子

六月的消瘦

开始在镜子里慢慢融化

依旧会

淅淅沥沥地落在烟波浩渺里

一缕缕的开始去追逐

山乡那原本十分宽厚的倒影

此作品收录于中国文史出版社出版的《每日一诗·2023年卷》

想要将最美好的年华留在世间

醉之系列

一

踏歌夜行

穿越　泸山滔滔松阵

天下第一缸上　轻卷长袖

只一瓢　窖香跟随如霜的月色洒落一地

游移飘步　剑悬　观海湾

遥指海天起舞

剑锋划过　脆亮的余音未落

扑簌簌的繁星

就纷纷没入镜面一样的邛湖

长歌曲罢　剑风劲拔

星斗始在湖水里颤动

邛湖水也　潺潺退却

酒尽浅底　天干发白

刹那之间　顿然显现传说中

建昌古城沦陷后的青砖淬瓦

二

街灯从酒瓶子里倒出
一路陈年的昏黄
冬夜的风把心情吹向北方
那北上的路
是我今晚的独步
母亲那一把发白的岁月
在我回首中沉醉
对面的车灯闪烁我婴儿般的躯体
我如泥土一样散开
在夜的最深处
开放最为质朴的笑容
那五十二度的浓情
溶解了月城的美妙
熏染出那些淡白的黎明
紧紧拉扯着
那些曾经过往的浓稠岁月

三

雅江渔港
停泊在金沙江闪闪烁烁的入夜
抚琴女子嫣然一笑
古筝便流泻江河千古

想要将最美好的年华留在世间

绣花旗袍刺绣着恒远的韵味儿

驻足聆听

杯中酒便络绎不绝

有飘逸的长者从历史行来

背着月牙儿

步旋梯踏歌　发朗朗笑语

如剑南美酒一般醇厚

由不得一声高腔喊出　"痛快　痛快"

随手扯下一缕江风来

满是映红飞逝的攀枝花

四

空灵的阳台上

悠悠飘扬的笛声

脆生生的　和着老酱肉的香

细瓷碗里的青菜叶

也冉冉地升起翠绿的活力

壶中的岁月很浓

只一杯　便红透了初春的晚霞

宁南的豆干瓣瓣散开宛如月牙

独酌　遥看天际着下浓墨

风声鹤唳中

再一杯

那醇厚便游走于清街老巷

那绵长便如夜歌一样流淌
滋生着
这个夜里梦境曼妙的复苏

五

无色的液体
流进心里　　也流进了多云的午后
潮红的脸透过玻璃杯
折射出打马而来的夜归人
有了青稞的香
有了马奶饼的脆
更有了酥油味蔓延的宗教
盘腿而坐再斟满杯中的酒
一口饮尽来路的仆仆风尘
甘醇的浓香
薄雾般渐渐散去后
尽显康藏大草原
那一望无际的绿野

六

无月今夜
辗转飘云之步
回眸望天

想要将最美好的年华留在世间

苍穹的老窖深坛

在田野的微风里轻送浓香

徜徉天地间

遥遥而见那长髯飘逸的身形

挥毫泼墨　斗酒而尽

倾世再现

唐诗鼎盛　宋词蔓延

也将建昌古城

吟唱在邛湖细浪的轻和之中

一夜豪饮　千里万里

直到天明

第一缕霞光将她印染成歌

七

掀起坛盖

沉香便端端地立在白瓷的碗里

一口入喉

翻起的炙热通透了我们的身体

立夏　终于在今天泡出了味儿来

小满的日子里

满上我们的每一碗酒

看麦浪随风涌动

庄稼汉子黝黑的皮肤

闪耀着朴实的光芒

走吧

让我们去到田野　去到麦地里

看麦粒飘飞

撑开　一个又一个村庄的天空

让今天的烈日

去到每一块田野　去到每一个晒坝

我们为什么　不干了碗里的酒

不要再等候蛙鸣叫落了夏夜

干了吧

让我们去做一回庄稼汉子

从今天开始

去收获每一季最简单的快乐

八

"玉妃泉"飞流直下

刚劲浓烈　四溢开来

只闻见滂沱而就的夏至

看画笔着墨　狂草疾书

犹见一幅幅卷轴打开

舒展行吟天地江河之间

沉鱼落雁的

并不是那个轻叩风铃　伫立的女子

而只现螺髻山脉

黄昏临近的清幽深处

想要将最美好的年华留在世间

135

煮酒对饮一杯又一杯的酣畅
闭月羞花的
并不是那个倒影湖畔　静坐的女子
而只现春天栖息之地
酒香滴落一段又一段的宁静

九

海风轻拂的小院
夜长寒生
此时　空寂的邛湖
已是水晶盒里醇香的五粮玉液
窖藏在西康古道　好多年
浓郁在群山环抱　好多年
木炭的红红火火
熏香了坨坨肉
沸腾了清波鱼
此时　小城故里
成了新年里一只透亮的杯子

十
（感恩广州友人阿佳遥远的祈福）

只是一衣带水的别绪
心

就有了入夏的蒸烤
麦芽的香
让落日安静下来
夏夜风轻
我
隐隐看见了
南方遥远的祈福
盛开在故乡的天边
也
隐隐听见了
双手合十的呢喃
如此温润地
融进淡黄色的清凉
一饮而尽
沁入
群山环绕的老宅深处
绽放点点昏黄的离愁

十一

风之狂舞
划开了午后的阳光
阴沉的安宁河谷
显露色泽压抑的欲望
飞沙走石的古镇礼州

想要将最美好的年华留在世间

137

夜航中

点亮农庄的支支烛火

"鲁溪肥酒"老白干

非常炙烈杀喉

劲道亦如狂舞之风

鼎沸　喧嚣

眼睛起舞了　脸庞起舞了

捧住的土巴碗里

盛满映红的老白干起舞了

唯有倦怠的心群山一般沉定

囤积着火一样的高歌

想唱响一曲吗

走吧　迎风而行

像游牧骑手扬鞭

跨过夜的最高处

一路尽情地扬嗓子起调子

让今宵难得的豪放

穿透整个安宁河谷　喊天破晓

感性素描 A

这天的黄昏

很快走向小城十月后的尽头

我的眼睛

从此没有了驿站

默默地徘徊之后

悄然潜伏在

初冬湖岸微寒的水草里

等待

等待　荒芜的背景下

涟漪泛起倒映的注视

渐渐分割来自康藏高原的记忆

远处

云　开始拥挤起来

几只海鸟叽叽掠过

似在呼唤

那奔跑中丢失的小名

夜　一层又一层厚重地堆积

万籁俱寂时　不要闭眼

想要将最美好的年华留在世间

横空茫茫时　不要摇头

千万不要

不然会摇醒庄周的梦

我知道

热烈跳动的是此时此刻的心

如同好些年前老宅檐下

外婆那双穿针绕线的手

感性素描 B

一枝花开放在半截子枯木上

倾尽半生姻缘

娇艳欲滴

秋天里的日头

明媚温暖

让古老的河床柔软起来

一只只搁浅的念想也跟着柔软起来

风起的时候

开始流向天边的湖

渐渐的浓郁而深沉

成就出一抹

化不开来的水天一色

想要将最美好的年华留在世间

感性素描 C

万达广场的夜晚

慢慢地卸下了烦躁

嗅着空气中都市的味道

伸手扶住二环高架

静静窥望灯火阑珊处弥漫的心情

透过玻璃的眼

飞出老远　老高

最后着陆在群楼顶端与夜航灯一同扑闪

当年的蜀都已然滋生出繁华一片

穿行于万家灯火偶尔地驻足

却只见过客

独立市桥之上那一串串落寞的张望

万达广场的夜晚

五光十色

错落有致地林立在西南重镇

钢混浇注的丛林呼喘着冷漠的气息

把个闷热的夏夜

悬吊吊地搁在半空钟摆一样摇晃不定

当年的老街巷已然消失得无影无踪
若隐若现
还是那些年代里无华的淳朴

万达广场的夜晚
雍容华贵地靠在成都平原上
像支贵妇嫩白丰腴的手把着的夜光杯
于灯红酒绿中品尝一席的饕餮夜宴
熙熙攘攘的春熙路
琳琅满目的太平洋
热闹喧嚣的王府井
都是餐桌上色泽斑斓的花簇
装点着这样奢侈的暗夜

万达广场的夜晚
是一支长长的长焦镜头
缓缓地拉开了老街坊那曾经低矮瓦房的木门
步出的老头子吧嗒着烟袋坐在门槛上
打望着曾经的青春
打望着未知的未来
也许在这样的夜晚
他老人家的梦
也会从二十世纪的黑白打望成七彩的今宵
夜是愈来愈深　愈来愈重了
直到沉沉地
沉沉地压灭一盏盏灯火

想要将最美好的年华留在世间

怀念·落荒的狼

　　2014 年 4 月 16 日，诗人卧夫离开宋庄他的
工作室，没带手机、没带身份证、没带一分钱，4
月 25 日，怀柔某座山头的两个老乡发现了死去的
卧夫，据他们推断，已死了三天。5 月 9 日，怀
柔警方通过 DNA 排查，找到卧夫所在公司，确认
了卧夫的身份。这样，卧夫用七天时间完成了自
己朝向死亡的仪式。他在山上把衣服脱下方方正
正地码好，然后以赤子之身承受了山林之冷，承
受绝食之饥，坦然等待死亡来临。卧夫走之前已
把后事安排妥当。其死亡的孤绝与安详恰是他生
命中最富华彩的一笔。

　　——以上文字来自卧夫的朋友、诗人孙家勋
的叙述。

卧夫　你很遥远
遥远得让我一无所知。
当怀念
渐渐地被念成了一堵墙

即便有天枯竭为一截残垣断壁

也会留下一道永恒的伤痕

四月的天

在怀柔的山头举起一面旗帜

你和你的诗歌迎风招展

很遥远　很模糊

你也许在某个夜晚静卧的时候

才会漫无目的推测出

我的城早早地

就陷落在巴蜀盆地的大凉山里

七日的七个夜与昼

是你精心设计的归途

我无法看到你是如何行进

也无法看到你又是如何倒下

你说过

你落荒的时候会成狼

我可以想象你身姿的孤绝

也可以想象你独自守候的死亡

却始终听不到那一声最凄厉的嚎叫

也许是再无力气

也许是原本纯净到底的脆弱

也许

原本你就是为写诗而活的汉子

也许

原本你的血液里就流淌着十个海子

想要将最美好的年华留在世间

乙未年·秋雨夜

有那么一天

秋雨一定会带着哭声而来

执着地打湿一段

家乡过往很久的城南旧事

那段旧事

会因此而沉甸甸的

沉甸甸地

压在这个秋夜弯腰东河的背上

那湿漉漉的背上

会因此有倒影匆匆地来来往往

也一定会匆匆地

带走一段

凄楚别离在深秋的市井故事

悠悠地　道上一声

——天凉好个秋

落下的叶子

其时

早已开始了苦涩的埋葬

那些些
曾经裸露在春夏里浅浅的笑意
落下的叶子
其时
也早已开始了渐渐丰满
一个守夜人
独自仰望秋意正浓的想象

想要将最美好的年华留在世间

开春的日子

夜把山峦沉降以后

楼宇之间依旧对峙着久久的生与硬

即便是偶尔的灯火

小马灯一样忽明忽暗

也把开春的日子摇曳得老气横秋的

影子就在这样的时候穿梭

被季风一吹

便被拉进了丛林

拉进了弯曲的隧洞里

留着影子被拉长的声音

一段搁置在山这边

一段隔阻在山那边

开春的日子很寂静

即便是把目光全打开

也只看到寂静的发芽和一切寂静的生长

歌唱就在这样的时候开始

被季风一吹

便被散落在泥土
散落在环绕的盆地里
留着调子被回荡的声音
一段搁放在去年冬天
一段吐露在来年开春

想要将最美好的年华留在世间

初秋夜话

和墙画一样

初秋

挂在窗台已好些日子

从明媚渐渐灰白

多年以来的光景

如若一盘卷好的胶片

弯弯曲曲地拉开

交织在灰白中

渐渐地隐没在

初秋夜的每一个角落

大海很远

所以梦境不会浸润出蔚蓝

也打湿不了

这个初秋夜里久久的沉默

乐曲声起

恰是故人　戴雨而来

煮酒驱寒　相对而坐

举杯的时候

有细雨在彼此的眼睛里淋落

湿漉漉的秋夜

有了黑色里最深邃的歌颂

去焕发天边泛白的苏醒

话语间

依稀听到了叶落的声音

如此轻柔地躺在

这个初秋夜里酣然入眠

话语间

彼此被小城轻拥入怀

一起去等待

将秋分后的阵阵寒凉

一把把地

泡进墙角那一坛多年的陈酿

想要将最美好的年华留在世间

黑白照片的邛海

那片海

让我想起小时候

对门邻家的女孩

蹲在半截沿坎上

恬美地一甩

那一头　刚刚被妈妈冲洗过的秀发

湿漉漉的飘扬中

散落滴滴剔透的清纯　和妈妈默默的慈爱

那片海

让我想起曾经的你

阵风时而把你的长发

拂散在你美丽的面颊

时而又把你的长发向后高高扬起

露出你眼睛里　一双乌溜溜的思念

念至情到深深时

分明泛着的那点点泪光

而今　那片海

历经过无数次修饰

却无法修饰去

初识时你的容颜

那片海

早已生长在我贫瘠而快乐的懵懂里

青涩地润透脸庞上还未退去的高原红

那片海

从来就是

一个小孩子望着天空　久久的发呆

那片海

从来就是

中年时独自一个人　寂静的向往

想要将最美好的年华留在世间

刀锋·四月间

日子　一截一截　落下

被故乡融化

被冷静地锻造

渐渐成了一把锋利无比的刀

斜插在初夏的鞘里

这镶嵌明亮的刀鞘

带着沉沉的硬朗

反射烈烈的日头气势如虹

只有裸露的刀柄

依旧透着一股浓浓的春寒

只如一丝流云般地

日子　就紧紧悬挂在

大凉山那巍峨连绵的四月之间

四月之间

我们正如彝人一样

行走在盘山蜿蜒

汗水流过的地方

皮肤有了古铜的色彩

像极了收敛锋刃那把初夏的刀鞘

原始的呐喊　苍劲雄浑

回音阵阵

激荡出一声急促的钢响

日子　顿时被拔出了刀鞘

刀锋轻快地划过我们的青春

时光飞溅

落红去西边山巅的晚霞

我们只能膜拜

是祭奠身后的来路

还是迎接

又一次轰轰烈烈的重生

想要将最美好的年华留在世间

逝

夜里的那支烛火

被你的目光

浸泡得零零碎碎地散落一地

九月的脸

枫叶一般开始飘零

醒来的我

也随风开始露出微笑

去

送别秋高气爽时

你那怜惜的回眸

你的回眸

有一些落在了土里

成了一粒粒种子

结出来年后

亲人们痴痴地守望

你的回眸

有一些落在了水里

成了一尾尾鱼跃的纹

一瞬间

把归期荡漾得无影无踪

此刻

你的回眸又再次落在我的心上

却

成了一道深秋的黎明

想要将最美好的年华留在世间

人间四月天

放下四月间的天

北方开始飘雪

南方开始有雨

而故乡　是刺眼铮亮的阳光

锋利无比

把炎热斜铺在古老的城垣切割

缓缓地渗出微凉的风

今天的夜就如尸体一样冰凉

冰凉的还有　今夜的河

还有　今夜河里干枯散立的卵石

还有　河里曾经奔流过去的欢悦

于是　失去温度的念想

也就如迷路的孩子

在今天的夜里哭泣

不知道今天的夜

可否　深些　再深些

好让孩子的哭泣

吵醒这个四月天里每一个明亮的启程

故乡也有孤寂

癸巳蛇年　正月十五
月并不是最圆
月最圆的时候却是十七的那天晚上
巴蜀之地有说道——
雅安的雨　建昌的月
月赋予了故乡月亮城的美誉
让故乡充盈着诗意的情怀
月也成就了故乡的孤寂
让故乡拥有了过客驻足的片刻温情

癸巳蛇年　正月十七
一个满月的日子
母亲说　要去听风亭赏月
母亲说　爷爷最喜欢赏月
而今爷爷矗立在北山的姿态
一定如松柏一般挺拔
那古旧的镜片上
一定布满了故乡的月

想要将最美好的年华留在世间

母亲又说　记不得是哪位作家写过

人为何喜欢赏月？

是因为月色的清雅容易使人宁静　舒缓心情

于是赏月成就了母亲的爱好

成就了母亲由来已久的习惯

从康藏高原到川南胜景

母亲总会在月色浓郁时　独自感怀

此时　母亲的发如月

就这样在徐徐清辉中消瘦岁月

而今　故乡有过的孤寂也在徐徐清辉中

霜白了母亲那一份由来已久的孤寂

谁　敲动了你的琴键

是谁

在七月间掀起了你的琴盖

将似火的张扬

遮挡得严严实实

陡然间

七月便失去了耀眼的光芒

黑黑的土地才刚一压下

就凹凸起来

一溜溜白色的天空

是谁

在昼夜不停敲动了你的琴键

将欲说还休的心事

轻重缓急地落下

一曲天籁随之破土

琴声楚楚而立

群山相连

环抱着余音绵绵游走

七月便和季节一同融化流淌

想要将最美好的年华留在世间

七月里

那个抚着夜而坐的人

一定会在伤感深处自言自语——

到底是谁啊

在你的琴键上

这样无休又无止地弹奏

这一曲幽怨难绝的离愁

于遥遥无期里

让故乡陷入了如此长久难绝的忧郁

孤独的声音·灿烂的今夜

夜初升起

一个婴儿软软地靠在棉被上笑

稚嫩娇弱地啼唤出的牙牙儿语

把神圣传颂得很远

带着奶香的纯净

在今夜散开

掉落在老宅阁楼的地板上

回音泛泛

一阵阵长长久久的孤独袭来

夜渐浓时

母亲独自一人坐在长长久久

把孤独一粒粒地捡起

又穿回一串绵绵轻盈的低唱

带着春暖的芬芳在今夜灿烂

飘扬在老宅阁楼的窗格外

绽放花影朵朵

汇成一簇簇来来往往的轮回

想要将最美好的年华留在世间

生的日子

——献给 3.26 里永远的海子和永远的青春

没有想到过

我在不惑之年后

您还依然坐在山海关的风口

那片土地是一张硕大的稿纸

上面写满了您关心的粮食和蔬菜

没有想到过

我在不经意之间

看见您生的日子和您身边站立的诗

半截用心爱着　半截用肉体埋着

故乡今天的天空因此而沉郁着

没有想到过

这个生的日子

会让这个午后如此落寞

没有想到过

这个生的日子

会让满杯的烈酒和逝去的岁月一样

一滴不剩

然而　我想到过

您说过的

痛苦与幸福生不带来死不带去

唯黄昏华美而无上

我想到过

您说过的

人类和植物一样幸福

爱情和雨水一样幸福

要活在珍贵的人间

您还说过的

远方除了遥远便一无所有

其实啊

远方除了遥远还有从未逝去的青春

您依然永久地站在二十五岁那年

激情澎湃　激扬文字

您依然坐在水上写诗　深邃而柔情

我想到过

这个生的日子

终究会被这个开春后的日子

打磨去斑斑锈迹

无比张扬地显现您春暖花开的青春

想要将最美好的年华留在世间

165

今夜 想喝酒了

今夜　想喝酒了

推开窗外春与夏错乱的季节

重金属的夜就喘起微热的鼻息

甘甜的酒

在高高的螺髻山上

是涓涓而流的一缕清泉

在西康古道的风季里

是急急而过的安宁河水

今夜　甘甜的酒

却是"青龙寺"下一弯邛池

品茗的是静穆中

那月亮城里醇厚的乡愁

今夜　想喝酒了

步入四牌楼零乱的过往

身与影重叠起鼎沸的市井人生

甘甜的酒

在近视的双目里

是涩涩酸楚涌动的流连忘返

在忽明忽暗的香烟尽头
是飘绕缓缓难舍难离的惆怅
今夜　甘甜的酒
却是中年头上乍现的白发
一饮而尽的是回首中
那一段老城里的前尘旧事

想要将最美好的年华留在世间

曾经的胜利大桥

胜利大桥　老了

额纹的皱褶纵横间

河水依旧熙熙攘攘地拥挤过

胜利大桥　老了

桥下并没有摆渡人

挺拔独立的身姿

只有卵石沉睡河床的记忆

像一个个不愿早起的孩子

就像

遥看河对岸的南坛村落

残留着年少青涩余味的美妙

来来回回的乡邻

将往事一段一段地踩过

又一次一次沾染上年代过旧的尘土

桥　便默默地从年轻承受到年老

只有等到古老的月

颤颤巍巍地

攀爬上南门洞上的檐角时

那早已身着盛装的大通楼
才会睁开一只眼
懒洋洋地道上一句
瞧瞧　这胜利大桥该修修了

想要将最美好的年华留在世间

释

我的窗棂高高的
外面很远很远
父亲断层的双眼在海的最深处
泛起一浪又一浪无尽的呼唤
雨
有了间歇好让我走出
在风季途中独自启程

我的世界长长的
里面很深很深
母亲行进的疲惫在夜清醒时分
传出一缕又一缕早起的炊烟
雨
有了间歇好让我走出
在清瘦门前晾晒经历

夜之归人

不是所有的目光都能发现

阳光的潜意识在流动

不是所有的情感都能理解

满月的心绪在起伏

唯有夜草叹息

风清人静的时候

谁又理会遥遥而来的夜半歌声

山脉的隆起与沉降

潮水的暴涨与跌落

都是生命的过程

都是夜之归人零乱的马蹄叩响

岁岁年年的心寒与心暖

唯有闲庭信步

仰望一轮当空明月

才能像夜草一样喟然叹息

独自举酒邀月

也许

到了该淡泊明志宁静致远的时候

想要将最美好的年华留在世间

离 别

离别是你　离别是我

离别是夕阳西下

静坐的一曲阳关三叠

此时大可说人生是潮湿的

大可说南方的春天是冰镇过的

此时也不要再计较眼泪

就让它放纵地流吧

因为有了泪才会有河流

因为有了河流才会有海潮

你要知道

世界再大也是因为有了心灵

一夜之间

你的门前就爬满青苔

你笑笑　路太滑

不要这样靠着门框

人不应该过于渴望支撑

你应该知道

秋风凄凄却是一个富有的风景

趁着黎明没来得及看清我们的表情

我愿做一堆篝火照亮你启程

但

请你一定要记住

在这个南方小城里

有过

一样的月光一样的四季

一样的你我对影成三人

离别是你　离别是我

离别是眼面前挥手的小巷尽头

想要将最美好的年华留在世间

思　念

——纪念邛海边曾经的"四五医院"里那些青春岁月

门只是才开
下弦月在外徘徊
有季风远走他乡
梦断故土的凝望纷纷扬扬散落
成了邛海里的点点波光
听听
有笑语自往年的海边传来
清晰如你纯真的脸
弥漫在无尽的空间
我的歌唱喑哑
如漫漫黄沙掩过彼此的距离
思念悄然开始
是的
思念也只是才开始
披肩长发是一支支飞扬的歌子
就算相隔千万里又有何妨
每日地听无怨无悔
直到相思无药可治
思念也才只是才开始

中　年

中年
是身后日渐风化的墙体
人群早已稀落
春夏的笑颜秋冬的忧郁
都是今天面对自己宣读的评语
让岁月的判笔
画过去一段关于生命的批注
让有些清湿的魂灵
静静等候故乡强烈的紫外线

中年
是外婆日渐浑浊的双眼
风景似已模糊
阳光与月色的交替
清晨与夜晚的囚禁
最终打磨成一把悬挂自由的剑
刺破因失血而苍白的黎明
渗透出自己曾经年轻的梦境

想要将最美好的年华留在世间

喃喃自语地解析每一个流转的季节

中年
是倚着老家一盏柔柔的灯
认认真真地照亮走过的日子
为一个故事的主人寻找一双草鞋
是无数个夜里的构思和执着
那个穿行于人群的影子
慢慢隐入一粒粒音符里
在人到中年的秋夜才会唱响
如同禅说中的滔滔松动
阵阵梵音
越过自己回首的每一寸天空

最后一班车

你站在那里
等候最后一班车
脚下是一条刚出炉的长街
阵阵的炙热
把你的期盼灼得非烫
非烫的正是此刻的你

你站在那里
等候最后一班车
无奈的双手
拎着赶来时沉甸甸的奔波
那场突袭的雷雨
你一定还记得　一定还渴望
尤其在今天　在此时

你站在那里
等候最后一班车
等候　成了一道风景

想要将最美好的年华留在世间

成了一段匆匆的过往

没有眼光驻留

你站在那里梦一样无形

游走还是等候

都弥漫了你的站台

站台　成了你的等候

成了你伫立的期望

起风了

把你的目光吹得老长

你站在那里

等候最后一班车

沉睡的石头

风化的时候你在沉睡

悬崖边的藤蔓悄然地

在你身体下生根

你的呓语开放着绚丽的野花

阵阵呼唤的山风

把你的梦吹拂得干干净净

你依然沉睡

那童真的体表

还散发着母亲轻抚的余温

轮流的四季守候你的沉睡

太阳落在你的身旁

月亮落在你的身旁

飞鸟吸食你脸上的雨水

你曾经的梦境里一定有着悲伤

你的沉睡里一定有挣扎的悸动

泉水在向你靠拢

落叶在无声地盖上

你裸露的胸怀

想要将最美好的年华留在世间

还会沉睡吗

你轻微地呼吸

渐渐泛起一浪一浪的松涛

你的梦又开始回归

黄土一样飞扬

慢慢地堆砌在你的身下

成了一块沃土

于是你的眼睛会在晨暮中睁开

环顾天空流云的分解

有时候

有时候
你就坐在
精致镶边的镜框里
傻傻笑着
山　水　青草地
在思想里漂浮沉淀

有时候
你就坐在
外婆深锁的眉宇间
细细数着
儿时一个个简朴的日子
编织昨天与今天的交接

有时候
你就坐在
父亲无语的回望中
专注得像他正在放映一部新片

想要将最美好的年华留在世间

181

闪闪烁烁着

人生过往里一次次别离

有时候

你就坐在

母亲孑然一身的守候里

拨亮毡房里的灯盏

无言地注视着

年轻的她正翻阅一本孤寂的青春

有时候　啊　有时候

你又只是一个影子

在夜光深处走过真实

也不知

这一路轻灵的脚步

是否能踏响你的天明

乍暖还寒的时候

仅仅就在昨天

太阳还覆盖龟裂的大地

那些

深闺里的春雨早已远嫁了他乡

农夫的犁耙

如出土的木乃伊

一具具陈列在

川西坝子上的村庄间隙

风过一夜

太阳就烧成了炭渣

灰扑扑地铺满今天

错乱如冬　乍暖还寒

这样乍暖还寒的时候

你来过

轻轻地走进我的寂寞

静静地坐在我的耳边

碎雨

把你的细语声声

想要将最美好的年华留在世间

滴入泥土转眼就了无踪影

这样乍暖还寒的时候

我的心

开始湿润起来

你双手捧起的问候留有余温

缓缓地流进我看不清的黑暗

我的小屋自此便开满了暖意

我听见了星星眨眼的声音

眼角溢出的亲情如风铃悬挂

不停地摇响

乍暖还寒的时候

你……

曾来过的足音

你只是个孩子

你把自己拆得七零八落的
散落在塌陷的沙发里
一些在灯光里发呆
一些隐没在看不见的角落
时而
一只飞蛾牵着杂乱的弧线
将单调与寂静缝合
你眼睛里的游离
也有了一些临时的停留
你只是一个孩子
玩得疲了　累了
慵懒地靠着　歇着
长者　或深沉地俯视
或絮叨个不停
在他们有一句没一句的间歇
都像你曾经的积木
开始拼拼斗斗
而你

想要将最美好的年华留在世间

就是拼斗起来的世界里

一个不断犯错的孩子

总是将自己的憋屈和混凝土一同搅拌

凝固成你文静柔弱的样子

你很沮丧　很胆怯地卷在沙发里

想象着一个斑斓的故事

夜更深的时候

你总爱把善良支撑起来的灯笼

挂在窗外

映红了你小手捧起的脸庞

你无法知晓那一时的红

仅仅是你短暂的喜悦

野风夹着夜雨

打湿你的灯笼

也打湿你的喜悦

破碎了的红只若零落的枯叶

残损了秋天里最富有的表情

你只是一个孩子

自然界的地震　海啸　洪灾　干旱

让你在惊恐之余升起了稚嫩的爱怜

而那些

成人世界的险恶　虚伪　冷漠　无情

却让你心疼得不明不白

无法丈量出独自玩耍时

纯真到底可以行至多远

相信着卑劣的誓言

相信着哪儿说哪儿丢的承诺

你只是一个孩子

你真的只是一个孩子

在自己斑斓的故事里

很自然去固执地拒绝成长

想要将最美好的年华留在世间

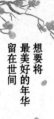

顿 悟

鸟儿的巢

有着雏儿潮潮的温暖

等候母亲不辞辛劳的嚼食

等候成长中那不安分的挣扎

终于

斑斓的羽毛

在歇息的时候开始去演绎最美

天空下的翱翔

舒展着你平静的自由

当暴风雨来临

把你的稚嫩打得湿淋淋的

瑟瑟伫立的怜惜

无助地开始去回望寻觅

这样的时候

也只有这样的时候

你才会想起母亲

单飞需要的不只是斑斓

还有

母亲不辞辛劳中

那传统得陈旧的坚韧

"祭"

——献给年轻时代的三兄弟

赤身裸裸

以殷红之血做生命的图腾

供奉于老宅

岩崩之后

我们失去了钢硬的狂想

只有康藏高原上的乳汁馨香枕畔

梦求雏鸟的暖巢每时　每刻

我们曾在排山倒海的单元楼前沉默

以高傲的名义走过自卑的路径

成长有如顽石一般

砸伤好些个季节　回音闷响

让天地　夜昼　阴阳

胡须一样疯长

我们其实纤弱如草

心灵沉重是那个节令的悲哀

乌蒙蒙的天幕下

一群老狼奔驰的荒原

悲壮得像一首叙事长诗

想要将最美好的年华留在世间

189

我们不得不化作一摊清水

倒映一弯冷月

情愫变得很细

细得可以刺透玻璃窗外的世界

辐射过后的青春携情感私奔

任绑缚的绳索零落一地

于是

有泪　有笑　有梦　还有世界

我们曾自豪地以为可以去主宰世界

那寒流回归的日子

竟悄然不觉

骤然崩塌的天地

把年少狂流的梦境

挤压得呻吟

把我们抛向另一个群体

我们终于明白

生存的世界再也不是小手上的稀泥

意志被强暴后

痉挛若光　若兀鹫巡飞

我们不得不焚烧自己以祭烈日

走在边缘

——写在女儿的外婆离去那天

黄黄的土

皮肤一样将白色的骨头紧紧包裹

袅袅青烟是一只送别的号角

您

从此开始行走在天际

像风一样行色匆匆

浮云就在您的脚下

您的步履和生前一样很坚实

踏过脚下的故乡

故乡的土地上正开着三月的花

花语呢喃

是送别　是叮咛　还是祝福

全都飘在

今天如夏的阳光里

我

开始熔化在夏日

双目炽烈明亮地把故乡高高挂起

原来昼与夜　阴与阳

想要将最美好的年华留在世间

191

只是一步之遥

我的眼睛告诉我

其实自己一直是走在边缘

我的目光

我的目光很浅
在荷塘边　浮萍一样飘摇
只为等候到
风起时　吹皱的缕缕涟漪

我的目光很淡
恰似你回眸　素面的容颜
微微地一笑
退却去　那年初识的矜持

我的目光很深
在雨后的青石巷水影粼粼
只为街灯的昏黄
从容地　点亮悠远的琴音

我的目光很浓
犹如　几案上那壶老酒
仅仅一盏
醉倒了　今夜独酌的归客

想要将最美好的年华留在世间

193

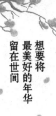

父 亲

——写在父亲节

阳台外

栅栏上

那盆枯萎已久的枝干

是一簇开败许久的心情

在雨声里分外寂寥

我的父亲

在遥远的地方遥望着微笑

父亲的微笑

如同伟岸的远方

转眼成了父子间的沉默寡言

只有曾经红扑扑的小脸

让孩子

在云下的日子里灿烂无羁

短暂却清晰

有如今夜归家的路

有如母亲越来越简单的期盼

以及

母亲她那越来越惆怅的背影

而此时
我的孩子
也正倚着阳台安静地眺望
一样地微笑
期盼着
她的父亲
踏亮楼道间的那一盏路灯

想要将最美好的年华留在世间

传　说

　　——面朝邛湖而立，一片静寂的空蒙。想起
那则传说和传说中湖水下的旧城遗址……

褪尽喧嚣的湖面
一只海鸟在飞
嘴里衔着一段关于老家的传说
老家曾经很精致
老家曾经很繁华
许多年前
山也摇过　地也动过
老家像一个失了重的孩子
跌落　远远地
离开了他的母亲
母亲悲戚　泪如泉涌
当流尽最后一滴泪
有了这面湖水
母亲纵身而下去拥抱她的孩子

传说也是在这样秋末的夜
那只海鸟低翔　轻点湖水
传说就一点点从嘴里滴落
随风一浪一浪地荡向湖心
你立着的影子
也跟着折成了好几段
映在水面
成了一条条湿漉漉的小径
你站在这头打望着老家那头
老家别样精致
老家别样繁华
老家从来不曾改变的容颜
就这样
开始填满你今夜独处的空间
老家从来不曾更改的乡音
就这样
开始诉说你今夜独自的聆听

想要将最美好的年华留在世间

197

简单的怀念

——致哥哥张国荣

这个日子　总是让人伤怀的
这个日子　随着您
从二十四楼陨落而下的身影
若蝶衣自刎　化蝶而去
已蒙上了一层悲烈　凄迷的色彩
难道真的是天妒英才
难道真的是高处不胜寒
您
全身心投入而就一个永远的程蝶衣
让《霸王别姬》大放异彩终成经典
您
一脸阳刚不羁诠释的卧底警察石家宝
让《星月童话》倾泻令人唏嘘的爱情
您的人生入戏
您的戏入人生
您很纯粹　您同样很简单
您真的像一只落单的孤鸟
固执地飞越您的纯净

固执地寻觅您认同的宁静

当生命之舟再也无力承载四下的寒流

也许只有

殷红的着陆才是最贴近您的完美

今天

以如此简单的怀念

来遥遥祭奠　您灿烂的灵魂

让《风继续吹》吧

我知道

哥哥一直是沉睡在风里

想要将最美好的年华留在世间

悬　崖

悬崖

只是疾风过后

伸出的一侧翅膀

坚硬无比地定格在初秋暮色的天空

我想

我应该迎风站立在悬崖之上

让悲伤悬空

让欢笑也悬空

也许

可以在万籁俱寂的时候

窥探见一朵野花

任性地绽放在悬崖的缝隙之间

纵然四周丛生杂草

也能带着理想温暖地开放

我想

我应该迎风站立在悬崖之上

那样

可以远远地离开浮生世事

可以坦然地让山里的人告诉后来人
其实好多年以来
这悬崖
一直是坚持这样飞翔的姿态

想要将最美好的年华留在世间

彝海结盟

头人的额纹很深

眉头一皱

褐色的土地上就开出一条条山路

每一条都通往他的山寨

头人喜欢喝酒

但他从没有想到

会和一个汉人　对饮成兄弟

歃血为盟

让"彝海子"有了浓烈的度数

碗碗相碰

让彝、汉民族有了一家亲情

头人也没有想到

他脚步一退　双手一拱

给兄弟让出的那条山路

竟是一条通往共和的崭新之路

这条路上

他的汉人兄弟信守承诺

带着彝汉情深走进了十大元帅之列

此作品获和谐之声民族团结征文大奖赛二等奖

想……

天空蔚蓝无际的时候
我想
也有过乌云拥挤不堪
久久不肯散去的时候
风有过　雨有过　我也有过

城市安静空寂的时候
我想
也有过喧嚣打马扬蹄
迟迟不愿走过的时候
街有过　巷有过　我也有过

季节轮回交错的时候
我想
也有过温暖包裹寒意
分别在焦灼缠绵的时候
春有过　秋有过　我也有过

想要将最美好的年华留在世间

青山何曾老去的时候

生命渐进在黑发与白发之间

欢笑着的自卑与悲伤着的自尊

也一样

在尊严的间隙各自长大

河水清冽无声

从盛开的花儿流出的时候

我看见了

映红的太阳在漂移

我看见了

陈年的巷口在拉长母亲的影子

和　老人家那一段半生的寂寥

我想

此时有过徘徊的灵魂

既然不能选择如何到来

至少

还可以选择如何的离去

体 验

淅淅沥沥的月光
湿了千年的相思

遥遥无际的夜空
原本是一则偈语

古道西风中的瘦马
倔强守候某个结局

也许不久的黄昏
夕阳弥留的尽头

有一头老牛爬过
又一个长长的夜

想要将最美好的年华留在世间

风花雪夜

风起之时

夜似花飘零　似雪纷飞

西康古道

月淡妆素裹　轻舒广袖

轻和夜歌里的低吟浅唱

沉于天际独舞

冬之故乡

便有了温暖的邂逅

母亲的草原上升起了

嘹亮的藏歌

把老宅的灯盏唱得透亮

疲惫的心情

便有了片刻的宁静

探月而听

好一曲飘逸的思乡之恋

剑
——看吴宇森作品《剑雨》

风萧萧兮

寒彻　冰冻已久的剑锋

行走的时代古朴而悠远

闪烁飞跃的剑锋

此起彼落

削去　一叶叶冷漠的对视

葬于厚尘深土

从此

生长江湖儿女的恩怨情仇

变脸

只为悄然等待似水的柔情

隐匿长剑

只为天地之间

爱

可以殷红起舞

想要将最美好的年华留在世间

秋夜的呢喃

秋夜

只是在披衣的瞬间

缓缓地溢出

越来越静谧的时候

盛满了一杯寒凉

你　远远地望着

那些春草和夏花

都沉睡在他们的爱情里

而秋夜的爱情

依偎在川南清月的身旁

寂寞分明地轻拾淡雅的爱恋

秋夜

开始了偶尔轻盈的呢喃

你　远远地听着

大凉山下的流水和摇曳的树林

都在轻叩故乡的门环

宛如一支摇篮小曲儿

唱开了老宅那扇木门

又见外婆的小马灯
温暖地点亮
老人家
那对襟衫般古旧的爱情

想要将最美好的年华留在世间

大爸　我想和您聊聊

——写于老宅子里，大爸逝去的那一年夏天

大爸　我想和您聊聊

您从不喝酒

我给您泡了一杯茉莉花茶

我知道您不是喜欢抽"茶花"您是舍不得

花钱

我给您点了一支"黄鹤楼"

大爸　您尝尝

是不是好抽些

我今天好累但我睡不着

大爸　我想您

风扇坏了好闷热　您那边热吗

您一个人更要照顾好自己　不要太节俭了

您的好些衣服完全是新的　您怎么就不穿呢

那天早上我去菜市场

卖烟的李大姐问我："是你舅舅吗？咋走得

那么快？怎么说没就没了？

我们以前还一起在日杂站打过零工，多老实

的一人。"

我说："是的　是我大爸　大爸一生如此"

大爸　您别光听我说

您喝茶　我喝啤酒　来　我敬您

大爸　我今晚真的特想您

我咋觉得您根本就没有离开呢

大爸　您稍等　稍等一下

我　我看不清键盘了……

您的烟吸完了

大爸　您等等　我再给您点上

今天母亲　小爸一家　大哥一家

老二一家　还有四弟都来我家里吃饭

就您没有来　往回您是一定会来的

六楼不算高　您总是慢慢地　都会走上来

我知道　您在远方

刚到一个新地儿　还需要适应

我只有在心里　遥遥地　敬您

今天我熬了稀饭也煮了干饭

您牙不好　肠胃也不好　您就喝点稀饭

菜都很软和　您能吃得动

母亲他们都吃都很满意

大爸　您觉得味道怎样啊

您的烟又抽完了　我马上给您点上

我　我才刚刚抽完

一会儿再抽　我喝酒陪您好吗

想要将最美好的年华留在世间

211

夜已很深了

大爸　这支烟您抽完就去休息好吗

怎么灭了　大爸您怎么把烟灭了

您是不是怕影响我休息

没事的　我真的不困

来　我给您重新点上

这段时间我都晚睡的　不碍事的

等您抽完这支烟　我也一定去睡　好不

大爸　等我写完《老宅子》我一定尽力争取

出版成书

您眼神不好　我会在心里一字字一句句地读

给您听

您是老宅子里　永远不可缺少的一根支柱

我有一个朋友说得好："大爸去了，但他永

远活在《老宅子》里，永远活在爱他的亲人

心里！"

好了　大爸您的烟也抽完了

我们都去休息吧　好吗

我亲爱的大爸　让侄儿给您道声——

晚安……

穿越中秋

这泸山老态地瘫坐在云下
只为候着
垂钓　今夜邛湖里的中秋
树林子织就的蓑衣
随意地披在山的两肩
露出的皮肤　皱褶纵横
展示着岁月简单有致的错落
这岁月里
有我们的影子正在行走
即将　穿越在古朴的中秋
山的那一边
总有不时争斗的枪炮声袭来
和平就像一个梦
总是不时地摇晃我们倦怠的笑容
几滴秋雨撒过的午后
太阳终于从苦闷里醒来
我们的汗水一滴滴地窖藏起来
我们的影子一点点发酵

想要将最美好的年华留在世间

时隐时现

万籁俱寂中秋独自而来

月亮极其平静地

为每一寸土地着上淡淡的色

今夜注定有了度数

注定会被勾兑成醉月倒映的一弯湖水

我们选择了沉醉

然后　纷纷把自己软软地

弯曲成一叶叶轻舟

在黎明来临之前尽情地去穿越中秋

夜寒深重的独白

清明时节

丝雨纷纷

注定是要润湿多少无望的守候

那些祈愿

把怀念落满了杯盘碗盏

无力的躯体

支不起睡眠的空间

醒着的双手

悉数　竹笛吹落的寂寥

轻捡　二胡拉开的苍凉

夜寒深重的独白

只是蒙古包内悬挂的马头琴音

绵延悠长的

凋零今夜纷纷的丝雨

散落在自己默然已久的期许里

没有风

曾经跳跃的私语

依然漂浮在遥远的天空底下

想要将最美好的年华留在世间

你

轻盈的笑靥里

倔强地站立着

我

独自坚持的怀念

放　歌

不会有人知道
堆积情感如山的坚持
在世俗的注目下危机四伏
足以让爱放歌的男人
内心长久的疾痛
或许是
想起了母亲的爱情
想起了笑着流泪的那些童年
想起了某个忧郁的夜晚流淌的谎言
想起了那截高低不一的城垣
所展示的沧桑过往
他的太息
从来没有那样深远
或许是
他身上仅存的
只有男人的承诺和唱醉的老歌
放歌　放歌的男人　放歌
尽管　音域　空旷
且
布满无尽的荒凉

想要将最美好的年华留在世间

夕 阳

傍晚

城市依然喧闹游戏的人生

你只是游戏里的一枚棋子

夕阳的邀约

残红了你来时的皱纹

身边分明是一些秋末的树

没有禅语

只有你携身后的风尘

面对夕阳而立

泪水纵横的脸

开始让夕阳不停地颤抖

长长的　久久的

直到所有的天空开始破碎

堆积起一个万花筒一般的傍晚

假如明天来临

相信

早已离开这个傍晚的男人

一定是你

启程 2023

出发
独自　一直在路上
归来
故土　枝繁叶更茂

想要将最美好的年华留在世间

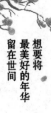

2024 年三十

很久

很久

很久没有听到爆竹的喧嚣

很久没有看到烟花的灿烂

被阉割后的除夕夜

从此

黯淡无光

我　是如此幸福

——写给自己的首部诗集《想要将最美好的年华留在世间》

我　是如此幸福

因为年轻的时候

还在你一脸茫然的时候

我碰上了那个无比美好的年代

可以坐在月夜的半坡上

远远地

聆听戴望舒先生走过雨巷的脚步声

远远地

遥望卞之琳先生装饰给别人的风景

远远地

挥手徐志摩先生再别康桥后的背影

更远远地

一片　一片的

捡拾起余光中先生

从海峡那端飘来落下的乡愁

可以颂扬高尚者的墓志铭

鄙视卑鄙者的通行证

想要将最美好的年华留在世间

可以看见黑色的眼睛正在寻找光明
可以爱上坚持的位置和足下的土地

我　是如此幸福
因为读书的时候
还在你一脸茫然的时候
我碰上了那个无比美好的年代
可以一头扎进图书馆里
静静观看张洁的"祖母绿"惊艳了时光
慢慢理解谌容"人到中年"的生存艰难
感慨李存葆在"高山下的花环"中
迎风涌来的阵阵悲壮
体验张承志跨上"黑骏马"
一路奔驰的草原风情
也曾触摸过
张贤亮种下的"绿化树"开散的伤痛
那个年代
梁晓声的"今夜有暴风雪"来得很猛
其实也把自己吹刮得好一阵热血沸腾
同时
也惊讶地发现
冯骥才挥舞的"神鞭"
鞭虽然剪了但神还一直留着
那个年代
初次感受到

邓友梅用京腔京调绘制"烟壶"

透露出来京城那些古老的韵味儿

……

我　是如此幸福

因为青春飞扬的时候

还在你一脸茫然的时候

我碰上了那个无比美好的年代

崔健用一曲摇滚

酣畅淋漓地挣脱束缚放飞自我

让三十年后的自己

依然会感谢

我逝去的青春里拥有一把摇滚的刀子

我　是如此幸福

还在你一脸茫然的时候

我已经在"当代"中"收获""十月"

因为

我碰上了那个无比美好的年代

因为

我已然开始爱上自己种下的每一个字

2024 年 3 月 18 日写于夜深

想要将最美好的年华留在世间

生日前夜的独白（作后记）

文 / 秋池

这八月的天，已然是有别于故乡曾经的四季如春了。

雨水多了、闷热多了，让自己常常怀疑这还是不是我从康藏高原走下来，拥抱的那座朴素的小县城？这样的气候，让人难免烦躁不安。也是在这样的烦躁不安的时候，远在普格县群山脚下的发星兄来信约稿，要我写一篇有关自己的诗歌经历，以及对诗歌的个人观点。

今天下午，恰好是侄儿的升学宴。席间几个要好的朋友都在说好像我的生日就是这几天，一众人便起哄要我请酒。其实，早在四十岁以后自己便不再过生日了。因为那是母亲的难日，是母亲竭力在给予一个新生命时，如此辛苦地挣扎，然后用她的血液与乳汁哺育出的幼小生命。但朋友们毕竟好意一场，我一边答应明天一聚一边想着发星兄的约稿，顿时就感觉一种使命感在心，必须去完成。

以下，就算是我自己在生日前夜的一段独白吧！也算作是这部集子的后记吧！

言及诗歌，自然会想到那个自己由一个青涩少年成为一个意气风发的青年的八十年代。那时的我，憧憬着故乡之外的四川美院、憧憬着期盼已久的大学校园、憧憬着走出小县城远离母亲的苛责，完完全全投入于自己梦想过无数次的艺术旅程。

然而。长久贫困的家境无力支撑起我如此"奢华"的梦想。我只是川南一个老县城里一个平凡人家的孩子，不要说"胜天"，就连对抗母亲那无可奈何的威严都毫无力气。

由此，我的青春注定会迷茫、注定会在常常逃学中无意识地走进文字的世界，开启有限而又杂乱的阅读。也注定我会去仰视到北岛、顾城、海子、舒婷、余光中、徐志摩、卞之琳等等这样的诗坛前辈。从而，也如绘画临摹一般，开始提笔写下一些自以为是诗歌的文字。以此，来宣泄自己在现实面前的懦弱、无能和愤懑。

就是直到今天，我也不认可自己是个诗人，自己顶多是个还在坚持写诗的人而已。

回想起与自己青春交织的八十年代，依然觉得那是一个无比美好的年代。

诗歌就像曾经用炭笔勾画的速写，总是描绘着自己的不甘、总是试图着去挣脱束缚、去向世人表达自我，总是希望自己的一点点表现能被他人认可。当然，诗歌同样也有青春期里那些弥足珍贵的纯真情愫，像清泉一样一滴滴地渗出。尽管幼稚得可以，却也显得挺小可爱的真实。

在一种无知无觉的状态中，诗歌便成了初恋时的那个长发女孩儿，古典温婉、纤纤隽秀地轻拂自己每一次寂寞的思念。让这样纯净的美好，铭记一生。

故而，诗歌在我看来，就是一种纯心灵的诉说。她因人而异，产生不尽相同却又是非常独特的个性、气质，从迥异的语境里穿越而出。诗言情也言志，她是用最简洁的文字构建、塑造出绝美的意境。

在当下浩瀚的诗歌江湖中，文言古朴的、温润典雅的、含蓄传统的、奔放现代的、白话聊天的、晦涩超现实的等等太多的流派充斥其间。

就我个人而言，依旧秉持着八十年代时的那份热爱，钟情着传统而古典的诗意表达。

2023 年 8 月 18 日夜

关于秋池诗歌集
《想要将最美好的年华留在世间》评论

入门须正　立志须高
——读秋池的诗

读秋池的诗，让我想起《沧浪诗话》开宗明义的话："入门须正，立志须高。"是的，秋池的诗，路子是很正的，主旨是深远的，我喜欢这样的严肃的诗，称赞这样的严谨的诗人。

诗一：悬崖和野花

我想／我应该迎风站立在悬崖之上／让悲伤悬空／让欢笑也悬空——《悬崖》

悬崖之处，上不沾天，下不着地，万籁俱寂，杂草丛生，可那石缝间，却绽放着一朵野花。这野花还带着理想的温暖。而诗人看着，欣赏着，思想着，竟忘了浮生之世事，并还要坦然地告诉后来人，悬崖不是别的什么，而是生命飞翔的翅膀。读着此诗，难道我们不向野花起敬，不向诗人起敬么！难怪诗人蓉伟评论道："这悬崖高于其它悬崖"，是诗人"众多诗篇中的一个高峰。"于是，我也说好诗，真的好诗！

诗二：狼，变异的生灵

只是保持坐立的姿势／以静止的状态／望着河水和彼岸

的山梁——《狼的守望》

关于狼，词典的解释是这样的："哺乳动物，形状和狗相似，面部长，耳朵直立，毛黄色或灰褐色，尾巴向下垂。昼伏夜出，性残忍而贪婪，吃兔、鹿等，也伤害人畜，对牧畜有害……"西尔维娅·普拉斯曾经写过豹子，她说："一头豹子追我到底／总有一天我会死在他的手上……"而秋池笔下的狼，却"没有一声长啸／也没有一段凄厉的走板／没有一次跳跃／也没有一瞬灵动的回眸……"是不是诗人搞错了，这显然不是。他的观察更深一层，他在说狼，和人，以及一切生灵都会有着异化现象。这狼异化了，这是可怕的，有如"晨光为农夫洒上金色，他们像猪／在厚衣里左右摇摆。"（普拉斯语）不过，幸好，秋池的狼——最后还以绝对的柔情守望着故乡上空的游魂。

诗三：父母，与来世今生

曾几何时　父亲的微笑春暖花开／曾几何时　母亲的目光冷峻如锋——《我的父亲　母亲》

在诗歌里，亲情也是永远的主题。"慈母手中线，游子身上衣。"（孟郊《游子吟》）不知感动过多少人。秋池的亲情之作有写父母的，哥弟的和女儿的。这首《我的父亲　母亲》情深意切，真实生动。曾经远远的父亲睡梦里还能感觉轻抚自己的脸，而今远远的父亲却站立成了冰冷的石碑，令人肝肠寸断。幸而身旁有着母亲，纵使她执拗像一截钢铁，也是自己的幸福。像所有人一样，愿来世今生，父母都是父母，儿女都是儿女！

诗四：诗，时间影子的呈现

诗　总是走在前面／我步履蹒跚地跟在后面——《诗　总是走在前面》

有一种理论认为诗就是时间，也许是对的，因为没有时间就没有一切。有一种理论认为时间根本就不存在，而诗存在着，它在茫茫宇宙里。不管它，因为说不清楚。

诗人秋池说，诗总走在前面。据我看来，也许是说走在事物前面吧，要不就是走在时间的前面了。这确如奥地利诗人霍夫曼斯塔尔所说："我们是你的翅膀，哦，时间，可我们不也是抓持的利爪？还是你要想那么多，翅膀和利爪要同时拥有？"——《诗人们与时间》

是的，真正的诗人，要引领时间前进，要走在事物的前历面，也就是我们所说的，要做投枪和匕首，斩荆开路。重要的，一首诗要体现永恒的人生形象！

诗五：青瓦和雨巷

站在桥上看风景／此时／楼上看风景的小姑娘——《雨落 青瓦》

那一天／回首凝望／柔软的背影和分手的巷口——《回首 雨巷》

前首是写卞之琳的，后首是写戴望舒的，而两位都是名诗人。写好不容易，必须出新，要不就俗了。古人云，"学诗先除五俗：一曰俗体，二曰俗意，三曰俗句，四曰俗字，五曰俗韵。"

什么是俗呢？那就是普遍化，即俗言、俗话和俗气，在诗里就是旧词汇、旧意象和旧意境。一句话不要踩着别人的影子，而要花样翻新，走在自己的路上，也就是要有自己的诗质。这两首诗显然还有很大的距离。

诗人秋池的诗，我读得不多，只能就诗说诗，读哪首说哪首，也就是说很片面、零碎，没有概括性、全面性，但无论怎样，我是见什么说什么，有什么说什么，说的都是真心话啊！

——胥勋和

2023 年 5 月 16 日于西昌

想要将最美好的年华留在世间

胥勋和：笔名蓝水晶。四川射洪人，著名诗人、作家。1994年调到西昌地区京剧团，任专职编剧，创作剧本《白卷》、《把关》等。后调凉山州文联《凉山文学》任诗歌编辑。诗歌发表于《诗刊》、《诗选刊》、《星星诗刊》以及国内外一百多家报刊。出版《星河集》、《胥勋和诗集》、长篇抒情诗集《龙凤之歌》。编辑《西昌县家史汇集》一书。中国作家协会会员，2000年获东方全国诗歌大赛特等奖，并被授予"中国当代诗星"称号。

四川诗人秋池的美学趣味似乎深受余光中与早期戴望舒的影响，他的诗歌作品普遍弥散出浓郁的抒情气息，情感经验的表达显得质朴、深沉、真挚、温馨又感伤，艺术风格大致可以归属于古典主义与浪漫主义的叠加与融合状态，能够给读者以审美情绪的感染与感动。简言之，秋池是一位为人纯粹、富有才情的诗人，如果诗人在其诗歌写作中能够有意强化其现代性经验的审美表达力度，则艺术效果更为理想，倘日益精进，便可以引领当下的诗歌美学潮流了。

——谭五昌

谭五昌：北京师范大学教授、著名评论家。

我认为，诗人（优秀的）就是被开了"天窗"的人，不然怎么能用语言和文字直达读者的灵魂。

读过秋池的诗，我断定秋池也是开"天窗"的人之一。

酒越浓　夜更深／夜更深　坐立的思想就会飘移久久的虚妄／是夜　便清晰如昨／勾画了已清醒的伤怀／伤愈重　夜愈沉／夜愈沉　睁开的眼睛就会飞越长长的遥远——《是夜》

　　我也从来没有梦见过／死亡／会如此贴近／在我的枕边梦魇一样反复／／夜半里总有歌声／重叠我每一次的辗转反侧／京胡的悠扬／与马头琴的苍凉／都如同陈酿悬垂于杯壁／浓稠之间早已注定挥手别离／／我也从来没有梦见过／重生／会生成长在我永远瞑目的那一刻／花香鸟语一般／纷扬生命所有的意义——《梦·生命》

　　揭示还是感悟，沉睡还是醒来，都不用刻意去解读，诠释。诗歌语言的魔力就在于无法一清二白，喜欢就好，有一丝的共鸣就好。

　　秋池的诗，是有故事的诗，是流淌着情感（或悲或喜或伤）的河流。有静流，有回旋，有浪涌。情感的跌宕在语言的节奏中相得益彰。读一首诗也是读一个人，秋池的诗给人如是感觉。

　　喜欢秋池的诗，也喜欢秋池这个人。喜欢二字就当下来说绝对是一种认同的最高境界。

——马兴

　　马兴，男，1960年生，现居四川西昌。1980年初开始诗歌创作。曾在多家刊物及媒体有作品发表，获奖。现为《无界》主编。

- - -

　　秋池是从传统诗、意、韵里，以沉稳峰回路转，转出的一代诗人。

想要将最美好的年华留在世间

读他的诗，如读其人。他赋予许多清新、婉约的人性美学维度，乃至流年醇化的春华秋实，阵阵扑鼻的芬芳。

一句话，钟爱秋池的人或诗，俨如钟爱结发夫妻，无须山盟海誓的加持，仍能感触细腻、温馨的待见与真诚。

——俄伍木果

2023 年 3 月 18 日写于风清楼

俄伍木果，彝族，凉山州作协会员。代表作《大凉山（一）（二）》及《兄弟》，作品散见《神州》《中华辞赋》《赤子》《中国新农村月刊》《散文百家》《凉山文学》《大渡河文学》《扬子晚报》《文艺生活》《西南商报》等杂志、报纸和各类网媒。

大凉山诗人秋池的诗歌有岁月的凿痕，也有内心的浪漫。在精致的抒情后面，他的用心在于对生命细节的反复咀嚼和对情感历史的个人化选择。在当代生活的铿锵里，秋池总能找到有古典诗意的韵味，他的短制，在碎片化的当代语境之中，是对物质化和浮躁的拒绝。短制的场景化和叙事策略，以及现代修辞的用力，都在推动秋池这样的诗人，在更多的语言可能和个人写作中朝向更加蓬勃的文明以及繁复的人性空间。

——易杉

易杉：诗人，诗评家。四川省作家协会会员，《圭臬》诗刊主编，《四川诗人》常务副主编。

夜空里悬着一枚月亮，对于秋池，这是一个小圆镜。也许是少年时，邻家一位小姐姐送他的！也许是他偷偷地买来，想要送出去，却一直没有送出的一份情感！送不出去抑或别人送他的，都弥足珍贵，一直装在心里，偶尔拿出来，对着天空照一照，每一道反光，都是一首诗！

装下了月亮，心胸便是夜空，夜空何其大，寂寥是一种常态，所以秋池常接过银河倾泻的酒，万千呼喊伴酒意吐出。人生和爱情，需要叙述。秋池的诗，以一种强势而入的叙事性伴随神秘的语言，士兵突击般进入你的视域和感知的河谷！

——霁虹

霁虹：实名祁开虹，彝族，曾就读鲁迅文学院中青年作家高级研讨班第四期，中国作家协会会员。

读秋池的诗，便知他是一个颇有情怀的人，这不光体现在他对自然、社会、人伦的关注，更重要的是他的知人论事，准确而温恕，并以诗的样式唱颂出来，叙及亲情，也探求于诗艺本身，尤其对诗域先贤的缅怀，是在阅读解析基础上的，这就给人深刻的印象。

——钟鸣

钟鸣，1953年出生于四川成都，中国当代诗人、随笔作家。1970年—1975年在北方服兵役，去过印度支那。1977年就读于西南师范大学中文系，大学期间开始诗歌写作。1982年毕业后，先后在大学和报社任职。20世纪80

年代以诗歌写作为主，80年代末开始随笔写作。1992年，获台湾《联合报》第十四届新诗奖。现为西南地区第一家私立博物馆"鹿野苑石刻艺术博物馆"馆长。

秋池是一个有心人，也是一个纯粹的人，没有了"有心"，没有了"纯粹"，就不会有他一样的书卷气、书生气，也就不会有了包括他的散文、诗歌这些作品：人与作品，其实就是这样相互滋生、滋养和生长的一个过程。

秋池的人生在这样的大的"界定""命定"下，他，或者说他的内心，每天面对的除了常人的柴米油盐，就是云卷云舒、日出日落，就是春夏秋冬、人生过往，换句话说，这些就是他人生中、生活里时时"投射"到他的"心镜"和精神世界里的东西。他在手心里、他在头脑中、他在心尖上时时"把玩"的就是云卷云舒、日出日落，就是春夏秋冬、人生过往，换句话说，他时时"把玩"、回味的就是生活。于是乎，生活就被他把玩和玩味得锃亮了起来，——他的那些文字犹如它的淘洗物，也因此，生活和文字必将会在他的手心里发光、发亮，犹如我们司空见惯的经常在手心里玩得越发锃亮的铁球。

——沙辉

沙辉，中国作家协会会员，中国少数民族作家协会会员，四川省文艺评论家协会会员，凉山州作家协会副主席、秘书长，凉山州文艺评论家协会副主席，鲁迅文学院第18期少数民族文学创作班学员。现任《凉山文学》杂志社编辑。

"诗言志"，所以，诗歌其实就是诗人对世界的认知，对自己人生观念的表达——只不过这表达是诗性的表达，常常借助自然之物的特性，将自己理想的人生状态融入其中，以达到物与我的完美统一：物中有我，我中有物；物即是我，我即是物！

读秋池先生诗作《悬崖》，更进一步印证了我上面的想法。

悬崖　只是疾风过后　伸出的一侧翅膀　坚硬无比地定格在初秋暮色的天空——《悬崖》

在高绝之处的坚持，也就是在俗世之上的坚持；在疾风的砥砺和暮色围困中坚特——柔软的双翅在岁月的风声中熬炼出岩石的坚硬和悬崖的孤高！

但他又并非高高在上，凌空蹈虚。因为他的双脚与山峰已熔铸为一体，直达地表深处。但他又并非冷漠无情，而是在与命运的抗衡之中，看顾脚下一切微小的生命，在寂寞中默默生长，在寒风中温暖地开放！

也许　可以在万籁俱寂的时候　窥探见一朵野花　任性地绽放在悬崖的缝隙之间　纵然四周丛生杂草　也能带着理想温暖地开放——《悬崖》

至此，悬崖已不再是固态冷硬的石块，而是诗者的自况，是诗者内心理想的外化，是诗者数十年生命的追求——双脚踏稳大地；精神向上超拔飞翔！

其实好多年以来　这悬崖　一直是坚持这样飞翔的姿态——《悬崖》

——祥子

祥子：四川省会理市人，四川省作家协会会员。作品

想要将最美好的年华留在世间

散见于《诗刊》《人民文学》《诗选刊》《诗林》《诗歌报月刊》《星星》《扬子江诗刊》《红豆》《草地》《凉山文学》《四川文学》《华西都市报》等刊物。诗作入选《2021年中国诗歌年选》《2022华语诗坛排行榜》《2022四川诗歌年鉴》《2021—2022四川诗人双年诗选》《凉山60年诗选》等选本。著有诗集《暗夜·2014》《在烛光下写诗》《燃烧的修辞》(合著)等。执行主编《中国诗歌地理—凉山九人诗选》获第一届"中国彝族诗歌奖·选集奖"。参与编辑《零度》《理想》等读物。

柔情似水的絮语
——读秋池的诗

上次评论秋池所著长篇纪实叙事抒情散文集《老宅子》时，说："恨识秋池晚。"今天应该说："未料秋池速。"一年不到，他的诗集《想要将最美好的年华留在世间》就要出版了。

秋池的诗纤，细，柔。情浓而不腻，情纯而不摇曳。如幽暗的老宅子于冬夜散出豆粒灯黄，一圈一圈地漾过寒湿的青石板，漾过西昌，漾过大凉山，一毫一毫地暖起浅灰色记忆，暖起潮润眼角。细细笔尖渗出饱经岁月的沧桑，迟缓着欲语未语地凝成哀而不艳、淫而不伤的雨。

"手心里短暂的温暖 全都泡在床头柜上那一杯蜂糖水里"这是秋池的不意雕琢与技巧。"与父亲的日子很短 像走街串巷的吆喝声一晃而过 和母亲的日子很长 如同夜宿老宅里那些长吁短叹"是将其生活浓烟弥漫纸面。"执拗得依然像一截锻造过的钢铁　坚硬无比地对抗着来世今生"则显露一种不屈抗争的精神质地。那一刻"世间鼎沸　母亲疲惫"字少情密，母亲独撑家庭的操劳与人间鼎沸既映照也反衬，个体与集体，具象人与庞大人类交糅而各自成就并形成反差。

　　秋池善于写情，尤善于抒母爱。日常中，他经常为老母亲做饭菜，亲切地称她"主席"。还与主席的闺蜜一家相处和谐融洽，陪她们旅游、逛街、唱歌、读诗书。

　　"13分17秒　是华姨的来电　温润的话语　让泪成酒　也让酒成泪"不是相知甚深相处水乳，焉能化他人酒为自己泪。

　　有点不免担心秋池的泪够不够流，相信秋池也还能流出许多无法料不可知的诗句。秋池是个深情的人。主席也以秋池为荣，为乐。可以说，没有母爱就没有秋池和他的散文与诗。他的意图正如其题《想要将最美好的年华留在世间》。

　　秋池的诗善于克制，相对于他的长篇叙事散文集《老宅子》略显淡、薄而轻盈。但如果一样，又何必写诗。所以，请读者将这诗集与散文集配合着读，必将收到奇效。

　　　　　　　　——周兴涛2023年4月3日夜于建昌马坪坝

　　周兴涛，成都客家人，西昌学院副教授，曾任职中学及数所高校，著有诗集《翠湖，一种生活态度》，诗歌和诗论若干发表于各刊物。

想要将最美好的年华留在世间

巴山夜雨涨秋池

——诗人秋池的诗

读秋池的诗，总有些不忍。

秋池的诗歌里住着一个不能伤害的男人，热忱羞涩，细腻敏感，有着透明的心……

秋池的诗心住在一栋完美主义的透明房子里，观察、感叹，任世界在窗外流动，任星空大漠星转云飞。这是秋池为自己营造的小世界，是不愿也不肯出离的庇护所。——"固执地与苍凉拥抱着穿越孤独"。

秋池所钟爱的人，也在假想中与之共处在这理想的居所，不符合理想你就不能进来。——"如果你不能柔情似水／请不要靠近我"。

秋池经常以为在梦里遨游的上下五千年，怀揣固执的理想主义和家国情怀——"京胡的悠扬／与／马头琴的苍凉／都如同陈酿悬垂于杯壁／浓稠之间早已注定挥手别离"。

秋池浸在汉语早期的诗化语境中睡眼迷离，连太阳都不愿醒来。——"你和你的眼神都静静地寄居在忧郁之巅／只有弦弓的流动／将夏夜拉长／拉长到太阳不再醒来"。

秋池的《灵感》描述的冬季似乎是一种心灵的状态，与天气一同进入三九、四九，仿佛是对岁月流逝和往事的默然数算。夜雨的到来使得往事变得潮湿，干不透，这里透露出一种对于回忆和经历的深刻感悟。这潮湿的往事，是心灵深处的记忆，它既有触动，又因岁月而变得朦胧。

诗中通过夜雨让往事变得潮湿，却干不透，巧妙地表达了记忆的沉淀和过往时光的挥之不去。这种用意象来描绘时间和回忆的关系，让整个诗歌充满了深刻的哲理和情感。通过冷峻的冬季景象、夜雨的抒发，以及对等待、无奈的描绘，成功地营造了一种深沉而迷人的诗意氛围。

秋池的《清街·小忆》充满了浪漫和深沉的情感，以清新的场景和丰富的意象勾勒出一幅美丽而令人陶醉的画面。首先，通过清街的风、雨、月等自然元素，以及这些元素与你和"你"的情感交织在一起的方式，创造了一种具有诗意的氛围。这些自然元素不仅仅是诗歌的背景，更是情感的媒介，使得整首诗充满了生动和鲜活的感觉。

其次，诗中使用的"飘散你的长发我的歌"、"湿透你的脸颊我的唇"等描写方式，巧妙地将情感与自然景物融为一体，为诗歌赋予了深刻的感情色彩。这种直观而细腻的描写方式使读者能够感受到强烈的感情流动。

另外，对清街的描绘既有诗意，又有现实感。将清街比喻为"小城最诚实的孩子"、"小城最逍遥的过客"等，使得整个场景更加具体而生动。清街成为诗中的象征，承载着诗人对于纯真、诚实、逍遥的向往。

最后，诗以"什么时候呵 什么时候/我们/才能并肩打清街那端夜归"结尾，通过这样的呼唤，增添了对未来的期待和对爱情的向往。整个诗歌以一种甜蜜而梦幻的情感氛围收尾，留给读者深深的回味。

总体而言，这首诗以其清新、浪漫的语言和深情的情感，成功地勾勒出了一幅关于爱情、时光和美好小城的美丽画卷。通过对自然和情感的交融，使得整首诗充满了温馨而深沉的韵味。

秋池的《痛饮的乡愁——致敬余光中先生》以深沉而哀怨的情感，表达了对余光中先生的敬意和对岁月流逝的思考。通过"残阳断巷深处"和"情人桥下摆渡"等描写，营造了一种古老村庄和浪漫之地的氛围。这些景物充满了岁月沉淀的痕迹，为整个诗歌创造了一种时光交错的感觉。

描绘"捉上半片西风"和"摇出一叶心爱"的意象，表达了对于美好时光和美好回忆的向往。通过"发上的十月潮湿后"和"带着您古典的幽怨和爱恋"的描写，表现了时间流逝和情感变迁的无奈。十月的潮湿象征着岁月的沧桑，而带雨而来的人则带着古老的幽怨和深深的爱恋，为诗歌增添了一层情感的层次。通过"树和风一起生长"和"清月美妙地把村庄铺开"，表达了希望在岁月的流转中，自然和村庄能够继续生长和绽放的渴望，呈现了一种既怀旧又对未来充满期待的情感体验。这首诗以其深情的语言、丰富的意象，表达了对余光中先生的敬意，以及对岁月和生命的深刻思考。

秋池的《回首　雨巷——致敬戴望舒先生》深刻而充满情感，以一种独特的方式描绘了时光流逝、别离和对过往的回望。"回首凝望"和"柔软的背影和分手的巷口"，离别时柔软而难舍的背影，以及分手的巷口，给整个诗篇增添了一层深情。通过"夜与昼的雾界"和"熟悉的那首老歌"的描写，创造了一种时光流转的感觉。夜与昼的雾界象征着时间的模糊边缘，而老歌在西风中泊船，孤零零的瘦鸟和伤残的羽翅表达了岁月的风霜。通过"千年塞外的漫漫黄沙"和"江南的烟波浩渺"的对比，呈现了时间和空间的交错。这种对塞外黄沙和江南烟波的描述，既有历史的深邃感，又展现了时光的遥远和遗憾。最后，通过"那长夜／终于被我生生剪断"和"我的心／终于结成一声浩亮的鸽哨"的表达，揭示了主人公内心的蜕变和解放。鸽哨的浩亮象征着心灵的觉醒，而手风化在故乡秋雨中，则传递了岁月的洗礼和深沉的归属感。整体而言，这首诗以其深刻的哲学气息、丰富的意象和感人至深的情感，表达了对逝去时光和过往人生的思考。

秋池《狼的守望》如一张古老的画卷，将狼的宁静姿势渲染成了一种人性化的深情。狼坐立的姿势仿佛一位凝望彼岸的思者，让人联想到一个守望者的形象。这样的描写使得狼不再是野性的象征，而更像是一个拥有思想和情感的生命。风吹落叶时，对路径的掩藏，以及飞禽走兽的异动，都带有对生活变迁和时间流转的无奈感。而狼一口一口舔净追逐的伤痛，更是让它的形象变得极富人性。这样的描写让人感受到狼内心深处的柔软，它不再只是一只孤独的狩猎者，更是一个有着丰富情感和回忆的存在，也让读者感受到了狼对家园的责任和守护。

河水潺潺，如此遥遥久远的注目，使狼的守望变得更加深情。狼以绝对的柔情在守望，这里的柔情是一种对生命、对过去的温暖眷恋。整首诗透露出一种人性化的情感，读者在感受狼的守望时，也仿佛感受到了自己对于岁月变迁和珍贵记忆的深切体验。

"首席　是你高高而上的位置　那一时　你和你的情绪都稳稳地栖息在灵魂深处"这里首先通过"首席"这一位置的高贵来突显杰奎琳·杜普蕾在音乐舞台上的卓越地位。描述她与情绪栖息在灵魂深处，则使读者感受到音乐家内心深沉情感的表达。《殇——聆听杰奎琳·杜普蕾大提琴经典有感》通过对音乐与情感的交融，表达了对杰奎琳·杜普蕾大提琴音乐的赞美，以及在音乐中感受到的深情厚意。指尖的律动将时间"轻揉到以秒来计算"，最后成为"一粒粒的音符"，这种描绘将音乐的创造过程赋予了一种神秘、令人陶醉的质感。这种对时间和音符的飘逸描绘，使读者感受到音乐的时光是如何被雕刻、被把玩的，使得音乐在时间的延续中愈发悠扬。诗中构建了一种抽象而美妙的音乐时光。

想要将最美好的年华留在世间

"大提琴　是你拥抱入怀的世界　那一时　你和你的眼神都静静地寄居在忧郁之巅"大提琴成为她拥抱的世界，而她的眼神则在音乐中静静寄居在忧郁之巅，这种表达使得音乐与情感深度交融，音乐成为她情感的宣泄。"沉醉的你　又怎能知道　那一时　我正坐在你的琴弦尽头　默读着一段情深厚重的悲伤"最后通过表达沉醉的音乐家不知晓的方式，将诗歌主人公与音乐家之间建立起一种虚幻而美好的联系，使得整首诗更加富有情感深度。

秋池的诗歌整体风格清新、朴实，语言简练而富有韵味，细致入微的观察、深刻的思考以及优美的语言，透露着诗人对生命、自然、情感和时间的独到见解，使得整个诗集在情感表达、意境刻画和哲学思考方面都达到了一个令人赞叹的高度。令人在阅读中深深感受到了诗人对亲情、友情、爱情等人性情感的丰富理解。这些情感，如同一盏灯，在文字的调度下，照亮了整个诗集的篇章。

时光的流逝是整个诗集的一个主题。通过对岁月的思考和对未知的探索，《夜听秋声》中透露出的对往事的回顾，令人忆起自己曾经的青涩岁月。在《不可知》中，对未知的表达，也引人思考人生的不确定性，生活中那些未知的可能性，让人不禁对生命的奥妙有了更深层次的思考。整个诗集通过对自然、情感、时间的感悟，呈现了一个充满哲学深度的生命图景。

《想要将最美好的年华留在世间》这部诗集不仅在情感表达、意境描绘上达到了高度，更通过对自然、亲情、爱情、友情和时光的细腻观察和深刻思考，呈现出了一个丰富而深邃的生命画卷。读罢让人对诗歌的力量有了新的认识，它不仅是一种语言的表达，更是一种心灵的寄托。这让我深信，生命的美好正是在于这些平凡而珍贵的瞬间，而诗歌，则是这些瞬间的凝结和升华。

秋池的每一首诗都如同一幅细腻的画作，又像是饱满欲滴的云朵，飘得沉甸甸的，遇树遇花而驻足，随时会有细雨弥漫天际。

——李冬

2024年初春于秦皇岛

李冬：诗人，城市规划设计师，燕山大学教授。

给秋池诗集的几句话：

一个人在伟大的八十年代爱上诗歌，并写作诗歌，历经30多年风雨后，现在依然在写、在爱，这不能不说就是一个精神的奇迹了。也可以说，这样的诗歌写作者（诗爱者），此时写作的已不是简单的诗歌排行文字，而是一种精神长远的磨血与坚持，同时也是他30多年来保持一种初恋情人般对诗歌充满敬畏与纯真之爱的精神原真，他就是我的兄弟秋池。

现在他要出一本诗集，这本诗集中纯情的文字不是什么技巧与先锋所能评定的；它首先表明写作者现在依然在写、在爱、在诗、在理想而有梦地快乐活着。这就够了，向坚持理想的秋池兄弟致敬！

——发星

2023年5月12日晨，普格双乳山（尖尖山）下

发星：民刊《独立》《彝风》主编，凉山州文艺评论家协会副主席，普格县彝学会副主席。

想要将最美好的年华留在世间

秋池兄弟的勤敏是大家有目共睹的，他的孝心也是有口皆碑的。难怪近年来，他的影视评论、散文写作和诗歌创作，都一直在齐头并进，且都取得了不菲的成绩。我真切地希望，我们能把祝福化作阳光，洒在他创作的路上，温暖他一路前行。祝愿秋池兄弟，在今后的岁月里吃着甘蔗爬楼梯，步步高、节节甜，越来越好！

——徐文龙

徐文龙：作家、画家。四川省艺术培训协会副会长，凉山州作家协会副主席，西昌市作家协会主席，西昌学院特聘教授，《航天城作家》主编。先后出版《情缘》《心缘》《笔缘》《惜缘》《徐文龙国画散文诗选》《徐文龙国画诗选》《徐文龙花鸟画作品选》等。